Clube do Crime é uma coleção que reúne os maiores nomes do mistério clássico no mundo, com obras de autores que ajudaram a construir e a revolucionar o gênero desde o século XIX. Como editora da obra de Agatha Christie, a HarperCollins busca com este trabalho resgatar títulos fundamentais que, diferentemente dos livros da Rainha do Crime, acabaram não tendo o devido reconhecimento no Brasil.

E. T. A. Hoffmann

A senhorita de Scuderi

Tradução
Petê Rissatti

Rio de Janeiro, 2025

Copyright da tradução © 2025 por Casa dos Livros Editora LTDA.
Todos os direitos reservados.

Título original: *Das Fräulein von Scuderi*

Todos os direitos desta publicação são reservados à Casa dos Livros Editora LTDA. Nenhuma parte desta obra pode ser apropriada e estocada em sistema de banco de dados ou processo similar, em qualquer forma ou meio, seja eletrônico, de fotocópia, gravação etc., sem a permissão dos detentores do copyright.

COPIDESQUE	Treze Cultural
PRODUÇÃO EDITORIAL	Mariana Gomes
REVISÃO	Luisa Marcelino e Anna Clara Gonçalves
DESIGN DE CAPA	Kalany Ballardin
PROJETO GRÁFICO	Giovanna Cianelli
PROJETO DE MIOLO	Ilustrarte
DIAGRAMAÇÃO	Abreu's System

Dados Internacionais de Catalogação na Publicação (CIP)
(Câmara Brasileira do Livro, SP, Brasil)

Hoffmann, E. T. A., 1776-1822
  A senhorita de Scuderi : narrativa da época de Luís XIV / E. T. A. Hoffmann ; tradução Petê Rissatti. – Rio de Janeiro : HarperCollins Brasil, 2025. – (Clube do crime)

  Título original: Das Fräulein von Scuderi.
  ISBN 978-65-5511-714-1

  1. Ficção alemã I. Título. II. Série.

25-250969   CDD-833

Índices para catálogo sistemático:
1. Ficção : Literatura alemã   833

Eliete Marques da Silva – Bibliotecária – CRB-8/9380

HarperCollins Brasil é uma marca licenciada à Casa dos Livros Editora Ltda.
Todos os direitos reservados à Casa dos Livros Editora LTDA.

Rua da Quitanda, 86, sala 601A – Centro,
Rio de Janeiro/RJ – CEP 20091-005
Tel.: (21) 3175-1030
www.harpercollins.com.br

Nota da editora

Ernst Theodor Amadeus Wilhelm Hoffmann, popularmente conhecido como E. T. A. Hoffmann, é um nome notável da literatura alemã e um dos grandes precursores do romantismo fantástico. Nascido em 1776, na cidade de Königsberg, à época parte da Prússia, Hoffmann teve a vida marcada por contrastes — de um lado, a disciplina rígida da burocracia estatal, e de seu trabalho como juiz; do outro, a liberdade irrestrita da criação artística, que lhe permitia explorar os limites entre o real e o imaginário. Além disso, teve forte inclinação à música, atuando também como músico e compositor. Após muitos anos doente, morreu em junho de 1822, aos 46 anos.

Inspirado por nomes como Goethe e Jean Paul, e profundamente influenciado pelo espírito do Romantismo, Hoffmann encontrou na literatura um espaço para dar vazão à sua singular imaginação. A carreira literária começou a ganhar forma no início do século XIX, quando publicou contos e novelas que despertaram o interesse do público e da crítica. O seu primeiro livro publicado, *Fantasiestücke in Callot's Manier* [Peças fantásticas à maneira de Callot], lançado em 1814 pela editora Kunz, em Bamberg, teve uma recepção modesta, mas gradualmente conquistou leitores e o consolidou como um autor promissor.

Hoffmann foi mestre em construir atmosferas inquietantes, explorando a tênue linha entre a razão e o irracional. O talento dele não demorou a conquistar admiradores, com uma influência que ecoou em escritores como Edgar Allan Poe, Charles Dickens e Dostoiévski. A mais famosa de suas obras, *O Quebra-Nozes e o rei dos camundongos* — que inspirou o célebre balé de Tchaikovsky e ainda hoje recebe diversas adaptações e novas interpretações —, revela essa habilidade de mesclar o sobrenatural ao lúdico, criando histórias que tanto encantam quanto perturbam.

Embora tenha escrito alguns romances e ensaios, foi nos contos e nas novelas que a genialidade dele se manifestou com maior intensidade, com obras que transitam entre o fantástico e o grotesco. Explorando temas como loucura, obsessão e destino e fundindo o real ao onírico, a obra de Hoffmann é marcada por uma ironia sutil, pela riqueza psicológica dos personagens e pelo uso do narrador pouco confiável, que coloca o leitor em uma posição de constante dúvida.

Publicado originalmente em 1819 pela editora Reimer, em Berlim, *A senhorita de Scuderi* não é diferente, se mostrando uma de suas narrativas mais conhecidas. Considerada a primeira novela policial da literatura alemã, é ambientada na Paris do século XVII e acompanha a intrigante história de Magdaleine de Scuderi, uma poetisa idosa e respeitada na corte de Luís XIV, que, após receber em certa madrugada a visita inesperada de um homem que lhe entrega uma caixinha enigmática, se vê envolvida em uma série de crimes misteriosos permeados por paixões e intrigas.

Essa protagonista se mostra uma mulher sagaz, de espírito afiado, e um dos pontos altos da narrativa. Longe de ser uma simples espectadora dos acontecimentos, ela se vê compelida a descobrir a verdade por trás dos crimes com inteligência e sensibilidade. E é a partir dessas características que Hoffmann constrói um suspense envolvente, com vívidas descrições da Paris do século XVII e dos contrastes entre a opulência da corte e os becos sombrios onde o perigo espreita.

Mais do que uma novela policial, *A senhorita de Scuderi* é um mergulho na imaginação exuberante do autor. Ao longo dos anos, foi também adaptada para o cinema e para a televisão, refletindo o impacto duradouro da trama. A primeira adaptação conhecida foi um filme mudo alemão lançado em 1919, dirigido por Richard Oswald. E mesmo após mais de dois séculos, Hoffmann continua a nos fascinar com sua habilidade ímpar de transformar histórias de mistério em reflexões profundas sobre o ser humano e seus dilemas.

Agora, a HarperCollins Brasil apresenta *A senhorita de Scuderi* com tradução de Petê Rissatti e posfácio de Luisa Geisler.

Boa leitura!

A SENHORITA DE SCUDERI

Na rua de St. Honoré ficava a pequena casa onde morava Magdaleine de Scuderi, conhecida por seus graciosos versos e pelos favores de Luís XIV e da marquesa de Maintenon*.

Já era tarde, por volta da meia-noite — no outono de 1680 —, quando bateram com tanta força e violência à porta da casa, que o som ecoou alto por todo o corredor. Baptiste, que desempenhava ao mesmo tempo as funções de cozinheiro, criado e porteiro na pequena casa da senhorita, havia viajado, com autorização da patroa, para acompanhar o casamento da irmã no interior, e assim aconteceu que Martinière, a camareira da senhorita, era a única ainda acordada na casa. Ouvindo as repetidas pancadas, ocorreu-lhe que Baptiste estava fora e que ela havia permanecido em casa com a senhorita sem qualquer proteção. Vieram-lhe à mente todos os crimes, invasões, assaltos e até assassinatos já cometidos em Paris. Martinière teve a certeza de que algum bando de patifes, a par da solidão da casa, enfurecia-se lá fora e planejava empreender algo maligno contra a patroa. Assim, ela permaneceu em seus aposentos, trêmula e hesitante, amaldiçoando Baptiste e o casamento da irmã dele. Enquanto isso, as pancadas conti-

---

* Luís XIV foi rei da França de 1643 até sua morte. Marquesa de Maintenon nasceu em circunstâncias humildes e ascendeu na corte como governanta dos filhos ilegítimos do rei com madame de Montespan. Mais tarde, tornou-se sua conselheira e, por volta de 1683, após a morte da rainha Maria Teresa, casou-se secretamente com Luís XIV, o matrimônio nunca foi oficializado publicamente. [N.E.]

nuaram a estrondar, e lhe parecia que uma voz gritava entre uma pancada e outra:

— Abra a porta, pelo amor de Deus, abra agora!

Por fim, com medo crescente, Martinière agarrou o castiçal com a vela acesa e se apressou em direção ao corredor, quando ouviu claramente a voz da pessoa que batia:

— Pelo amor de Deus, abra a porta!

Na verdade, pensou Martinière, *nenhum ladrão falaria de tal maneira; quem sabe não é uma pessoa perseguida buscando refúgio na casa da minha patroa, que tem inclinação a qualquer ato de bondade. Mas tenhamos cuidado!*

A mulher abriu uma janela e gritou para baixo, perguntando quem estava batendo com tanta fúria à porta da frente tarde da noite, acordando todo mundo, enquanto tentava conferir à sua voz grave o máximo de masculinidade possível. No brilho do luar que atravessava as nuvens escuras, ela discerniu uma figura comprida envolta em um manto cinza-claro, cujo chapéu largo estava enfiado até a altura dos olhos. Então, gritou mais alto para que aquele que estava lá embaixo pudesse ouvir:

— Baptiste, Claude, Pierre, levantem-se e vejam quem é o imprestável que está tentando arrombar nossa casa!

Como resposta, veio uma voz quase chorosa lá debaixo:

— Ah! Martinière, sei que é você, cara senhora, por mais que tente disfarçar a voz, sei que Baptiste viajou para o interior e que está sozinha em casa com sua patroa. Apenas abra a porta para mim, não tenha medo. Preciso falar com a senhorita de Scuderi neste exato minuto.

— O que o faz pensar — retrucou Martinière — que minha patroa falaria com o senhor no meio da noite? Não sabe que ela já foi dormir há tempos? E que eu não a acordaria por nada desse primeiro e mais doce sono, do qual, nos anos em que se encontra, ela bem precisa.

— Eu sei — disse quem estava lá abaixo —, eu sei que sua patroa acaba de deixar de lado o manuscrito de *Clélia*, o romance, no qual tem trabalhado sem cessar, e que agora escreve alguns versos que pretende ler amanhã à marquesa de Maintenon. Eu lhe imploro, sra. Martinière, tenha piedade e abra a porta para mim. Saiba que se trata de salvar um infeliz da ruína, saiba que a honra, a liberdade e até a vida de uma pessoa depende deste momento em que tenho que falar com sua patroa. Pense na ira eterna de sua senhora se ela descobrisse quem, com coração de pedra, afastou da porta o infeliz que veio até aqui lhe implorar por ajuda?

— Mas por quê, então, você evoca a compaixão da minha patroa em uma hora tão incomum? Volte amanhã em um momento mais apropriado — retrucou Martinière lá de cima.

Então, quem estava lá embaixo respondeu:

— E por acaso o destino se importará com tempo e hora quando for se abater, destruidor como um raio fatal? Pode-se adiar ajuda quando um único momento oferece a chance de salvação? Abra-me a porta, não tenha medo de um miserável que, indefeso, abandonado pelo mundo inteiro, perseguido e assolado por um destino terrível, deseja implorar à sua patroa que o salve do perigo iminente!

Martinière ouviu o homem proferindo tais palavras junto a gemidos e soluços de dor profunda; o tom suave da voz era a de um jovenzinho, e a tocava fundo no peito. Ela ficou emocionada e, sem refletir muito mais, buscou as chaves.

Mal ela abriu a porta, a figura, envolta em uma capa, abriu passagem à força para invadir a casa e, ao passar por Martinière no corredor, gritou com voz furiosa:

— Leve-me até sua patroa!

Apavorada, Martinière ergueu o castiçal, e a luz da chama das velas caiu sobre uma feição jovem com uma palidez cadavérica e terrivelmente desfigurada. Ela teve vontade de se jogar no chão de pavor quando o homem de capuz abriu o casaco, e a lâmina reluzente de um estilete brotou de seu peito. O homem encarou-a com olhos faiscantes e gritou de forma ainda mais descontrolada do que antes:

A SENHORITA DE SCUDERI 13

— Leve-me até sua patroa, isso é uma ordem!

Então, Martinière percebeu que a patroa estava em perigo iminente. Todo o amor que nutria por ela, a qual também se dedicava como uma mãe devota e leal, ardeu mais forte e lhe trouxe uma coragem que nem ela mesma acreditava ter. No mesmo instante, fechou a porta de seus aposentos, que havia deixado aberta, se pôs à frente dela e falou com força e firmeza:

— Na verdade, seu comportamento enlouquecido aqui nesta casa não corresponde às palavras chorosas lá de fora, que, como agora percebo, despertaram minha piedade em um momento equivocado. Minha senhorita não deve nem irá falar com você. Se não tem más intenções, não precisa temer a luz do dia, então volte amanhã e traga sua questão! Agora, saia já desta casa!

O homem soltou um suspiro abafado, encarou Martinière com um olhar horrível e sacou o estilete. Ela entregou a alma ao Senhor em silêncio, mas permaneceu firme e fitou o homem, desafiadora, apertando-se com mais força à porta do quarto pela qual o homem precisava passar para chegar até a senhorita.

— Deixe-me ver sua patroa, é uma ordem! — gritou o homem de novo.

— Faça o que bem quiser — retrucou Martinière —, não vou sair deste lugar, leve a cabo a maldade que começou, você também há de encontrar uma morte vergonhosa na Place de Grève, como seus camaradas perversos.

— Ahá! — berrou o homem. — Você tem razão, Martinière! Assim, armado como estou, pareço um ladrão e assassino perverso, mas meus camaradas não foram julgados, não foram julgados!

E, com isso, puxou o estilete, lançando olhares venenosos para a mulher amedrontada.

— Jesus! — gritou ela, aguardando o golpe fatal.

Mas, naquele momento, o tilintar de armas e trotes de cavalo foram ouvidos na rua.

— Maréchaussée*, Maréchaussée. Socorro, socorro! — gritou Martinière.

— Mulher terrível, quer minha ruína... agora tudo está perdido! Tudo está perdido! Pegue! Pegue, dê para a senhorita ainda hoje, amanhã se quiser — murmurou baixinho.

O homem arrancou o castiçal das mãos de Martinière, assoprou as velas e lhe entregou uma caixinha.

— Por sua felicidade, entregue a caixa à senhorita! — gritou o homem, saindo em disparada da casa.

Martinière despencou no chão. Levantando-se com dificuldade, tateou na escuridão e, de volta a seus aposentos, se afundou na poltrona, exausta e incapaz de emitir qualquer som. Nesse momento, ouviu tilintarem as chaves que havia deixado na fechadura da porta da frente. A casa foi trancada, e passos suaves e incertos se aproximavam dos aposentos. Como se estivesse paralisada, sem forças para se mexer, ela esperou pelo pior. Mas o que ocorreu foi que, quando a porta se abriu, reconheceu, à primeira vista e à luz da lamparina, o honesto Baptiste. Ele estava mortalmente pálido e perturbado.

— Pelo amor de todos os santos — começou o homem —, pelo amor de todos os santos, diga-me, sra. Martinière, o que aconteceu? Ah, o medo! O medo! Não sei o que houve, mas algo me arrancou à força do casamento ontem à noite! Quando chego aqui à rua, pensando que a sra. Martinière tem um sono leve e provavelmente me ouviria batendo baixinho e com cuidado para me deixar entrar. Então, uma patrulha grande vem em minha direção, cavaleiros, infantaria armada até os dentes, e me detém. Felizmente, lá estava Desgrais, tenente da Maréchaussée, que me conhece muito bem e que, enquanto seguram a lanterna debaixo do meu nariz, fala: "Ei, Baptiste, de onde você está vindo tão tarde da noite? Precisa

---

* Nome pelo qual as forças especiais da polícia militar francesa eram conhecidas durante a Idade Média. [*N.E.*]

ficar quieto em casa para protegê-la. As coisas não estão seguras por aqui, acreditamos que faremos uma boa captura nesta noite". A senhora não acreditaria, sra. Martinière, como essas palavras pesaram em meu coração. E agora, ao pisar na soleira, um encapuzado sai desabalado de casa com um estilete na mão, passa correndo por mim e me derruba... a porta está aberta, as chaves estão na fechadura... então, me diga, o que significa tudo isso?

Martinière, aliviada do medo da morte, relatou o ocorrido. Ela e Baptiste foram para o corredor e encontraram o castiçal no chão, onde o estranho o havia jogado ao fugir.

— A única certeza — disse Baptiste —, é que a nossa senhorita seria roubada e talvez até assassinada. A pessoa sabia, como me contou, que você estava sozinha com a senhorita, e até mesmo que ela ainda estava acordada com seus escritos. Foi certamente um dos malditos bandidos e vigaristas que invadem as casas, investigando com astúcia tudo o que os ajude a realizar seus planos diabólicos. E a caixinha, sra. Martinière, acho que devemos jogá-la no Sena, onde for mais profundo. Quem garantirá que algum monstro perverso não tente matar nossa boa senhorita, que, ao abri-la, cairá morta, como aconteceu com o velho marquês de Tournay ao abrir a carta que recebera das mãos de um desconhecido!

Depois de muita conversa, os leais criados enfim decidiram contar tudo à patroa na manhã seguinte e lhe entregar a caixinha desconhecida, que poderia até mesmo ser aberta com o devido cuidado. Os dois, ao considerarem com meticulosidade cada circunstância do aparecimento do estranho suspeito, pensaram que poderia muito bem haver um mistério especial em jogo, um que não lhes seria permitido resolver por iniciativa própria, mas teriam que deixar a revelação por conta da patroa.

As preocupações de Baptiste tinham razão de ser. Naquele exato momento, Paris era palco das mais infames atrocidades, e, precisamente naquela época, a invenção mais diabólica oferecia o meio mais fácil de empreendê-las.

Glaser[*], um farmacêutico alemão, o melhor químico de seu tempo, ocupava-se, como costumam fazer as pessoas dessa ciência, de experimentos alquímicos. Estava determinado a encontrar a pedra filosofal. A ele se uniu um italiano chamado Exili. No entanto, a arte de fazer ouro lhe serviu apenas de pretexto, pois o homem queria mesmo era aprender a misturar, cozinhar e sublimar substâncias venenosas nas quais Glaser esperava encontrar salvação. Por fim, Exili conseguiu preparar um veneno refinado que não tinha cheiro nem sabor, matando instantânea ou lentamente, sem deixar vestígios no corpo humano, e enganando todas as artes e ciências médicas que, alheias ao assassinato por envenenamento, precisavam atribuir à morte uma causa natural. Por mais que Exili tivesse sido cuidadoso em seus métodos, recaiu sobre ele a suspeita de comercializar o veneno, e ele foi levado à Bastilha. Pouco depois, foi trancafiado no mesmo aposento o capitão Godin de Sainte Croix. Este havia tido por muito tempo um relacionamento com a marquesa de Brinvillier, algo que envergo-

---

[*] Johann Heinrich Glaser foi um alquimista e farmacêutico alemão conhecido por seus experimentos em busca da pedra filosofal, acreditando poder transformar metais comuns em ouro. [N.E.]

nhara toda a família, até que, como o marquês permaneceu insensível aos crimes da esposa, o pai dela, Dreux d'Aubray, tenente civil em Paris, obrigou a separação do casal criminoso por meio de um mandado de prisão que ele mesmo expediu contra o capitão. Apaixonado, sem caráter, fingindo piedade e inclinado a todo tipo de vício desde a juventude, furiosamente ciumento e vingativo, nada poderia ser mais bem-vindo ao capitão do que o segredo diabólico de Exili, que lhe deu o poder para destruir todos os seus inimigos. Virou um aluno entusiasmado do italiano e logo seguiu o exemplo do mestre, de modo que, quando foi libertado da Bastilha, já conseguia trabalhar por conta própria.

A marquesa de Brinvillier era uma mulher degenerada e, por meio de Sainte Croix, tornou-se um monstro. Aos poucos, ele conseguiu fazê-la envenenar primeiro o próprio pai, com quem ela morava, cuidando dele na velhice com uma hipocrisia perversa, depois os dois irmãos e, por fim, a irmã; o pai por represália, os outros pela rica herança. A história de vários assassinos por envenenamento traz um exemplo horrível de como crimes deste tipo se tornam uma paixão irresistível. Sem propósito específico, como o mero desejo do químico de realizar experiências ao seu bel-prazer, os envenenadores com frequência assassinavam pessoas cuja vida ou morte poderia ser completamente irrelevante para eles. O falecimento repentino de várias pessoas carentes no Hotel Dieu acabou por levantar a suspeita de que estivesse envenenado o pão que a marquesa de Brinvillier distribuía toda semana para servir de modelo de piedade e caridade. No entanto, é certo que ela envenenou tortas de pombo e as servia aos seus convidados. O *chevalier* du Guet[*] e várias outras pessoas foram vítimas destas refeições infernais. Sainte Croix, sua assistente la Chaussée e Brinvillier conseguiram por muito tempo encobrir seus cri-

---

[*] Cavaleiro da guarda real francesa. [N.E.]

mes atrozes com um véu impenetrável. Mas que astúcia perversa de pessoas malvadas pode durar quando o poder eterno do céu decide julgar os ímpios aqui na terra? Os venenos que Sainte Croix preparava eram tão refinados que se o pó (os parisienses o chamavam de *poudre de succession*) ficasse aberto durante o preparo, um único suspiro bastava para que houvesse uma morte instantânea. Por esse motivo, Sainte Croix usava uma máscara de vidro fino durante suas operações. Um dia, quando estava prestes a despejar o veneno em pó pronto em um frasco, a máscara caiu, e o homem morreu na mesma hora, por ter inalado a fina poeira do veneno. Como não deixou herdeiros, os tribunais se apressaram para selar sua herança. Lá, trancado em uma caixa, estava todo o arsenal infernal de envenenamento que o infame Sainte Croix tinha à disposição, mas também foram encontradas cartas de Brinvillier que não deixaram dúvidas sobre seus delitos[*]. Assim, ela fugiu para um convento em Liège. Desgrais, um oficial da Maréchaussée, foi enviado atrás dela. Disfarçado de clérigo, apareceu no mosteiro onde ela se escondia e conseguiu iniciar um caso de amor com a terrível mulher para atraí-la a um encontro secreto em um jardim isolado nas cercanias da cidade. Mal havia chegado lá, foi cercada pelos capangas de Desgrais. O amante religioso de repente se revelou oficial da Maréchaussée e a forçou a entrar na carruagem que os aguardava diante do jardim e, cercada pelos capangas, partiu direto para Paris. Chaussée já havia sido decapitada, Brinvillier sofreu o mesmo destino, e seu corpo foi queimado após a execução; as cinzas, espalhadas pelos ares.

---

[*] O caso dos envenenamentos na corte de Luís XIV é um acontecimento real da história francesa. Godin de Sainte Croix, oficial francês do século XVII, foi amante e cúmplice da marquesa de Brinvillier em uma série de envenenamentos. Após a morte de Sainte Croix, documentos revelaram os crimes da marquesa, que foi capturada, torturada e executada em 1676. Investigações revelaram um mercado clandestino de venenos e feitiçaria envolvendo nobres e supostos alquimistas. O rei ordenou punições severas, e dezenas de envolvidos foram executados ou exilados. [*N.E.*]

O povo de Paris suspirou aliviado quando desapareceu do mundo o monstro que podia usar sua misteriosa arma assassina contra inimigos e amigos sem ser punido. Mas logo se soube que a terrível arte do infame Sainte Croix havia sido passada adiante. Como um fantasma invisível e traiçoeiro, o assassínio penetrava nos círculos mais próximos, como aqueles de parentesco, amor e amizade, e tomava conta das infelizes vítimas de maneira rápida e certeira. Alguém visto com saúde pujante em um dia cambalearia cada vez mais doente e fraco no outro, e nenhuma habilidade dos médicos conseguiria salvá-lo da morte. Riqueza, cargos respeitáveis, uma esposa bonita, talvez jovem demais, era o que bastava para uma perseguição até a morte. A mais cruel desconfiança separava os laços mais sagrados. O marido tremia perante a esposa; o pai, perante o filho; a irmã, perante o irmão. A comida permanecia intacta, o vinho não era provado na refeição que o amigo oferecia aos seus, e onde antes havia diversão e brincadeiras, olhares selvagens ficavam à espreita em busca do assassino disfarçado. Com medo, pais de família eram vistos comprando comida em lugares distantes e preparando-a eles próprios nesta ou naquela cozinha imunda, temendo uma traição diabólica na própria casa. E, ainda assim, às vezes a maior e mais cuidadosa cautela se mostrava em vão.

O rei, para controlar o mal que parecia cada vez mais fora de controle, nomeou um tribunal de justiça próprio, ao qual confiou exclusivamente a investigação e a punição desses crimes misteriosos. Era chamada de Chambre ardente, que realizava suas sessões não muito longe da Bastilha, e quem a presidia era la Regnie. Durante algum tempo, os esforços de la Regnie, por mais diligentes que fossem, permaneceram infrutíferos, e coube ao astuto Desgrais descobrir o esconderijo mais secreto do crime. No subúrbio de Saint Germain, vivia uma idosa apelidada de la Voisin, que se dedicava à previsão do futuro e à conjuração de espíritos, e, com a ajuda de cúmplices, le Sage e le Vigoureux*, sabia assustar e surpreender até mesmo aqueles que não podiam ser chamados de fracotes e crédulos. No entanto, ela fazia mais do que isso. Aluna de Exili, assim como la Croix, la Voisin preparava o veneno fino e sem vestígios e, dessa forma, ajudava filhos perversos a receberem uma herança precoce, e mulheres degeneradas a se entregarem a outro marido mais jovem. Desgrais revelou o segredo dela, e a velha confessou tudo. A Chambre ardente condenou-a à morte na fogueira, que ocorreu na Place de Grève. Com ela, foi encontrada uma lista de todas as pessoas que se beneficiaram de sua ajuda e aconteceu de tal forma que não só execuções se seguiram, mas pesadas suspeitas também recaíram sobre pessoas de grande reputação. Acreditava-se que o cardeal Bonzy havia encontrado em la Voisin os meios para fazer com que todas as pessoas a quem ele tinha que pagar pensões como arcebispo de Narbonne morressem em pouco tempo. A duquesa de Bouillon e a condessa de Soissons, cujos nomes foram encontrados na lista, foram acusadas de associação com a mulher diabólica, e mesmo François Henri de Montmorenci-Boudebelle, duque de Luxemburgo, par e marechal do reino, não foi poupado. Também foi perseguido pela terrível Chambre ardente. Ele mesmo se entregou, indo confessar na Bastilha, onde Louvois e la Regnie, por ódio, o aprisionaram em um buraco de seis pés de altura. Meses se passaram até que fosse esclarecido que os crimes do duque não mereciam punição. Ele apenas havia pedido a le Sage que fizesse seu mapa astrológico.

O certo é que o fervor cego levou o presidente la Regnie a recorrer a atos de violência e crueldade. O tribunal assumiu por completo o caráter da Inquisição, a menor suspeita

---

* Em francês, "le" e "la" são artigos definidos usados antes de nomes próprios, geralmente para indicar uma característica distinta ou uma referência honorífica. Esses artigos podem também ser usados para enfatizar uma posição social ou uma qualidade, como utilizado aqui em "le Sage", "le Vigoureux" e "la Voisin", que se traduzem, respectivamente, como o Sábio, o Vigoroso e a Vizinha. [N.E.]

já bastava para uma detenção rigorosa, e muitas vezes ficava nas mãos do acaso provar a inocência da pessoa condenada à morte. Além disso, Regnie tinha uma reputação péssima e uma natureza desonesta, de modo que logo atraiu o ódio daqueles a quem deveria proteger ou vingar. Ao interrogar a duquesa de Bouillon, perguntou-lhe se tinha visto o diabo, ao que ela respondeu: "Parece que o estou vendo neste momento!".

Enquanto rios de sangue de culpados e suspeitos corriam na Place de Grève, e, por fim, o envenenamento secreto começava a rarear cada vez mais, uma calamidade de um tipo diferente apareceu, que disseminou uma nova preocupação. Um bando de gatunos parecia estar determinado a tomar posse de todas as joias. Os ricos acessórios, mal haviam sido comprados, desapareciam de forma incompreensível, por mais que fossem guardados com todo o cuidado. Mas o pior de tudo era que, quem ousasse usar joias à noite, podia ser assaltado na rua ou nos corredores escuros de casa e até mesmo assassinado. Aqueles que escaparam com vida disseram que uma pancada na cabeça os derrubou como um relâmpago e que, quando acordavam do estupor, notavam que haviam sido vítimas de roubo e que estavam em um lugar totalmente diferente daquele onde haviam sido golpeados. As pessoas assassinadas que jaziam nas ruas ou em casa quase todas as manhãs tiveram o mesmo ferimento fatal, uma perfuração de adaga no coração, que, segundo os médicos, matava com tanta rapidez e segurança que a pessoa ferida nem fazia barulho ao despencar morta no chão. Na opulenta corte de Luís XIV, era raro quem não estivesse envolvido em um caso de amor secreto, saísse escondido tarde da noite para ver a amante e, por vezes, carregasse consigo um rico presente. Como se estivessem conspirando com fantasmas, os bandidos sabiam exatamente quando algo assim estava para acontecer. Muitas vezes, o infeliz não chegava nem sequer à casa onde pensava que desfrutaria da felicidade do amor; muitas vezes já caía na soleira, ou bem em frente ao quarto da amada, que ficava horrorizada ao encontrar o cadáver ensanguentado.

Em vão, Argenson, Ministro da Polícia, mandou apanhar qualquer um que parecesse suspeito entre o povo de Paris. Em vão, la Regnie se enfureceu e tentou arrancar confissões. Em vão, tropas e patrulhas foram reforçadas, pois não eram encontradas pistas. Apenas a cautela de se armar até os dentes e de ter um lampião diante de si ajudava, mas havia casos de serviçais assustados ao terem pedras atiradas em sua direção enquanto os patrões eram assassinados e roubados.

O estranho era que, apesar de todas as investigações em todos os locais onde o comércio de joias fosse possível, não se descobriu nem sequer um vestígio dos roubos, e muito menos qualquer evidência que pudesse ser seguida.

Desgrais espumava de ódio por sua astúcia não ser suficiente para capturar os vigaristas. O bairro da cidade onde ficava de tocaia era poupado, enquanto no outro, onde ninguém suspeitava de mal algum, o latrocínio espreitava suas ricas vítimas.

Desgrais pensou na ousada artimanha de criar vários Desgrais, tão semelhantes no andar, na postura, na fala, na figura e no rosto, que nem mesmo seus colegas saberiam qual era o verdadeiro. Enquanto isso, arriscando a própria vida, espreitava sozinho nos esconderijos mais secretos e seguia de longe este ou aquele que portava ricas joias. Ele continuava incólume; ou seja, os bandidos também estavam cientes dessa medida. Desgrais caiu em desespero.

Certa manhã, ele chegou ao presidente la Regnie, pálido, transtornado, fora de si.

— Que novidades o senhor tem? Encontrou um rastro? — questionou o presidente, enquanto ele se aproximava.

— Hum... senhor — começou Desgrais, gaguejando de raiva. — Ora, senhor... ontem à noite... não muito longe do Louvre, o marquês de la Fare foi atacado na minha presença.

— Minha Nossa Senhora! — comemorou la Regnie. — Nós os pegamos!

— Ah, apenas ouça — interrompeu Desgrais com um sorriso amargo —, ouça como tudo aconteceu. Então, eu estava no Louvre e, com o ódio queimando, aguardo os demônios que zombam de mim. Uma figura passa perto de mim com passo cambaleante, sempre olhando para trás, sem me enxergar. No brilho da lua, reconheço o marquês de la Fare. Eu poderia esperá-lo ali, pois sabia aonde se dirigia. Mal deu dez, doze passos quando uma figura salta da terra, o derruba e o ataca. De um jeito descuidado, por estar surpreso com a chance de capturar o assassino, solto um grito e tento saltar de onde eu me escondia em direção a ele, mas me enrosco no sobretudo e caio. Ao me levantar, vejo o homem afastando-se como o vento, me ergo, corro atrás dele... toco a corneta enquanto corro... ao longe outros apitos respondem, começa uma agitação danada, o tilintar das armas, o trotar dos cavalos por todos os lados. "Aqui... aqui... Desgrais... Desgrais!", grito, fazendo meu nome ecoar pelas ruas. O tempo todo vejo a pessoa que está à minha frente sob o luar, virando uma esquina para lá e para cá para me enganar. Chegamos à rua Nicaise, onde as forças dele pareciam estar diminuindo, eu redobro as minhas, ele ainda está no máximo quinze passos à frente...

— O senhor o alcançou, o agarrou, e os beleguins estão chegando — gritou la Regnie com os olhos brilhando enquanto toma Desgrais pelo braço como se ele próprio fosse o assassino em fuga.

— Quinze passos — continuou Desgrais com voz grave e respirando com dificuldade —, quinze passos à minha frente, ele salta. O homem pula nas sombras e desaparece através da parede.

— Desaparece? Através... da parede! Você está louco! — berrou la Regnie, dando dois passos para trás e juntando as mãos.

— Pode me chamar de louco, meu senhor — continuou Desgrais, esfregando a testa como alguém atormentado por maus pensamentos —, de tolo que fica vendo espíritos, mas aconteceu do jeito que estou dizendo. Fico paralisado diante da parede quando vários beleguins aparecem, ofegantes; junto deles, o marquês de la Fare, que havia se recomposto, com o espadim desembainhado na mão. Acendemos as tochas, tateamos ao longo da parede e não encontramos qualquer vestígio de uma porta, janela ou abertura. É um muro sólido de pedra que se escora em uma casa onde moram pessoas sobre as quais não recai a menor suspeita. Hoje mesmo dei uma olhada bem de perto. É o próprio diabo quem nos ludibria.

A história de Desgrais tornou-se conhecida em Paris. As cabeças estavam cheias de feitiçaria, necromancia e alianças diabólicas da Voisin, de Vigoureux, do infame sacerdote le Sage; e como em nossa natureza há tamanha propensão para o sobrenatural e para o maravilhoso que nos faz esquecer de toda e qualquer razão, as pessoas logo acreditaram em nada menos do que na interferência do próprio diabo na proteção dos ímpios que lhe vendiam a alma, como dizia Desgrais, ressentido. Pode-se imaginar que a história recebeu todo o tipo de adorno absurdo. A narrativa, juntamente de uma xilogravura que representava uma horrível figura do diabo submergindo na terra diante de um Desgrais apavorado, era impressa e vendida em cada esquina. Foi o que bastou para intimidar o povo e até tirar a coragem dos beleguins, que passaram a vagar pelas ruas à noite em meio a tremores e hesitações, cheios de amuletos pendurados e banhados em água benta.

Argenson viu os esforços da Chambre ardente fracassarem e solicitou ao rei que nomeasse um tribunal para os novos crimes, que teria poder ainda maior para perseguir os perpetradores e puni-los. O rei, convencido de já ter dado demasiado poder à Chambre ardente e abalado pelo horror das inúmeras execuções levadas a cabo pelo sanguinário la Regnie, rejeitou a proposta por completo.

Outro meio foi escolhido para incentivar o rei em prol da causa.

Nos aposentos de Maintenon, onde o rei passava a tarde e provavelmente trabalhava com seus ministros até a madrugada, foi-lhe apresentado um poema em nome dos amantes ameaçados que se queixavam de que, quando a galanteria exigia deles, precisavam levar à amada um rico presente e, com isso, acabavam arriscando a própria vida.

É uma honra e um prazer derramar o sangue pela amada em uma luta cavalheiresca, mas a situação é diferente com o ataque traiçoeiro de um assassino, contra o qual não se pode armar. Luís, a luminosa estrela polar de todos as paixões e galanterias, que brilhe intensamente, disperse a noite escura e, dessa forma, revele o segredo obscuro escondido dentro dela. O herói divino, que esmagava seus inimigos, agora também desembainhará sua espada vitoriosa e cintilante e, como Hércules contra a serpente de Lerna, como Teseu contra o Minotauro, lutará contra o monstro ameaçador que consome todo o amor e obscurece toda a alegria em profundo sofrimento, em dor desoladora.

Por mais séria que fosse a questão, não faltou coisa alguma a esse poema, principalmente na descrição de como os amantes eram tomados por medo no percurso secreto até as amadas, e de como o medo matava o desejo da paixão e a bela aventura de galanteria em seu brotar em meio a frases espirituosas e sagazes. Soma-se a isso o fato de que, no final, tudo culminava em um pomposo panegírico a Luís XIV, sendo inevitável que o rei lesse o poema com evidente satisfação. Ao fim da leitura, ele se voltou rapidamente para Maintenon, sem tirar os olhos do papel, releu o poema em voz alta e, em seguida, perguntou, com um sorriso gracioso estampado no rosto, o que ela achava dos desejos dos amantes ameaçados.

A madame de Maintenon, fiel ao espírito severo e sempre dando ao tom de voz certa piedade religiosa, respondeu que os misteriosos caminhos proibidos não seriam dignos de proteção especial, mas que os terríveis criminosos mereciam, eles, sim, medidas especiais para seu extermínio. O rei, insatisfeito com a resposta evasiva, dobrou o papel e estava prestes a retornar à companhia do Secretário de Estado, que trabalhava na outra sala, quando, ao olhar de lado, percebeu a presença da senhorita de Scuderi, que estava lá, perto da marquesa de Maintenon, sentada em uma pequena poltrona. Nesse momento, ele avançou em direção a ela com o sorriso gracioso que, antes, brincava em sua boca e nas bochechas até desaparecer, e que voltara a ganhar vantagem. Parando bem ao lado da jovem e desdobrando o poema, disse, com toda gentileza:

— A marquesa não quer nem saber das galanterias de nossos cavalheiros enamorados e me evita de maneiras que vejo como não menos do que proibidas. Mas e você, minha senhorita, o que acha desta súplica poética?

A senhorita de Scuderi levantou-se da poltrona de forma respeitosa, um rubor fugaz como o roxo da aurora queimou nas bochechas pálidas da velha e digna senhora, que disse, fazendo uma pequena reverência e abaixando os olhos:

— *Un amant qui craint les voleurs n'est point digne d'amour.**

O rei, espantado com o espírito cavalheiresco dessas poucas palavras que aniquilaram o poema inteiro com suas intermináveis diatribes, berrou, com olhos brilhantes:

— Por São Dionísio, tem razão, senhorita! Nenhuma medida cega, que atinja inocentes e culpados ao mesmo tempo, protegerá a covardia. Que Argenson e la Regnie cumpram sua função!

---

* Um amante que teme os ladrões/Não é digno de amor. [*N.T.*]

Na manhã seguinte, Martinière descreveu, com as cores mais vívidas, todos os horrores da época enquanto narrava à sua senhorita tudo o que havia acontecido na noite anterior. Trêmula e hesitante, também lhe entregou a caixinha misteriosa. Tanto ela quanto Baptiste, que estava completamente pálido em um canto, amassando a touca de dormir e se tremendo de medo, mal conseguindo falar, pediram à senhorita, da maneira mais comovente e por tudo que era sagrado, que abrisse a caixinha com o máximo de cuidado. A senhorita de Scuderi, ponderando o segredo fechado na mão e examinando-o, disse, com um sorriso:

— Vocês dois estão vendo fantasmas! Os malvados assassinos que estão por aí, que, como vocês mesmo dizem, espreitam o interior das casas, sabem tão bem quanto vocês e eu que não sou rica, sabem que não há tesouros dignos de assassinato que possam ser extraídos de mim. Será que estavam mesmo observando minha vida? Quem se importa com a morte de uma pessoa de 73 anos que nunca perseguiu ninguém além dos vilões e perturbadores da paz nos romances que ela mesma criou, que escreve versos medíocres que não conseguem despertar inveja, que deixará para trás apenas a posição, por ir às vezes ao tribunal, e algumas dezenas de livros bem encadernados e com bordas douradas! E você, Martinière! Agora você pode descrever a aparência do estranho da maneira mais assustadora que desejar, mas não consigo acreditar que tivesse más intenções. Pois bem...

Martinière deu três passos para trás, Baptiste quase caiu de joelhos, emitindo um "Ai!" abafado quando a senhorita apertou um botão de aço muito brilhante, e a tampa da caixinha se abriu com um barulho.

A senhorita ficou surpresa ao ver um par de pulseiras de ouro, ricamente adornadas com pedras preciosas, e um colar de mesmo feitio. Ela pegou o conjunto e, enquanto elogiava o maravilhoso trabalho de ourivesaria do colar, Martinière encarou as ricas pulseiras e exclamou que nem mesmo a vaidosa madame de Montespan* possuía tais joias.

— Mas o que é isso? O que significa isso? — questionou a senhorita de Scuderi.

Nesse momento, ela observou um pequeno bilhete dobrado no fundo da caixinha. Esperava, com razão, encontrar a resposta para o segredo em seu conteúdo. Assim que o leu, o pedaço de papel caiu de suas mãos trêmulas. Ela lançou um olhar expressivo para o céu e, em seguida, afundou-se na poltrona, quase desmaiada. Assustada, Martinière teve um sobressalto, e Baptiste foi ajudá-la.

— Ó! — gritou ela, a voz embargada pelas lágrimas — Ó, que humilhação, ó, que vergonha profunda! Como pode isso me acontecer em idade avançada! Será que andei às voltas com a leviandade mais tola, como uma jovenzinha inconsequente? Ó, Deus, como palavras lançadas assim, em tom de brincadeira, estão propensas a uma interpretação tão horrível! Será possível a mim, que permaneci fiel à virtude e irrepreensível na piedade desde a infância, ser acusada do crime de ter feito um pacto diabólico?

A senhorita levou o lenço aos olhos, chorando e soluçando violentamente, de modo que Martinière e Baptiste ficaram

---

* Madame de Montespan foi uma das mais influentes amantes de Luís XIV. Tornou-se sua favorita por volta de 1667 e exerceu grande influência na corte. Teve vários filhos com o rei, depois confiados aos cuidados da futura marquesa de Maintenon. Seu prestígio declinou após o escândalo dos venenos, do qual foi suspeita de envolvimento, e ela acabou se retirando para um convento, onde viveu seus últimos anos. [N.E.]

confusos e apreensivos, sem saber como apoiar a boa patroa em sua grande dor.

Martinière pegou o fatídico bilhete do chão, no qual se lia:

*Un amant qui craint les voleurs
N'est point digne d'amour.*

Sua mente perspicaz, querida dama, a salvou de grandes perseguições a nós, que praticamos a lei do mais forte sobre a fraqueza e a covardia e nos apropriamos de tesouros que, de outra forma, seriam desperdiçados de maneira indigna. Como prova de nossa gratidão, aceite estas joias de forma amigável. São o que de mais precioso conseguimos encontrar em muito tempo, assim como a senhorita, digna dama! Embora joias muito mais bonitas do que estas devessem adorná-la neste momento. Pedimos que a senhorita não nos prive de sua amizade e de sua lembrança benevolente.

Os Invisíveis.

— Será possível — berrou Scuderi, após se recuperar um pouco —, será possível que a insolência desavergonhada, a zombaria perversa, possa ser levada tão longe?!

O sol brilhava intensamente através das cortinas de seda carmesim da janela, e assim se deu que os brilhantes, que estavam sobre a mesa ao lado da caixinha aberta, cintilaram em um lampejo avermelhado. Olhando para aquilo, Scuderi cobriu o rosto de horror e ordenou que Martinière levasse dali imediatamente as terríveis joias, que estavam impregnadas do sangue dos assassinados. A camareira, depois de trancar o colar e as pulseiras na caixinha, comentou que o melhor a se fazer naquele momento seria passar as joias para o Ministro da Polícia e confiar a ele tudo o que havia acontecido, tanto a assustadora aparição daquele jovem quanto a entrega da caixinha.

Scuderi levantou-se e caminhou devagar pela sala, em silêncio, como se apenas nesse momento tivesse refletido a respeito do que deveria ser feito. Em seguida, ordenou a Baptiste que fosse buscar uma liteira, e a Martinière que a vestisse, pois queria ir imediatamente ter com a marquesa de Maintenon.

Ela deixou-se levar até a marquesa no momento em que, como bem sabia Scuderi, estaria sozinha em seus aposentos. Levava consigo a caixinha com as joias.

A marquesa deve ter ficado muito espantada ao ver a senhorita, a despeito de toda a sua dignidade e, apesar da idade avançada, da amabilidade e da graça, entrar, pálida, transfigurada, com passos cambaleantes.

— Por todos os santos, o que aconteceu com a senhorita?! — exclamou ela para a pobre e assustada dama, que, completamente fora de si, mal conseguindo ficar em pé, tentava chegar rapidamente à poltrona que a marquesa estava empurrando em sua direção.

Quando por fim foi capaz de falar, a senhorita explicou a humilhação profunda e impossível de superar que havia sofrido com a brincadeira impensada como respondeu à súplica de seus amantes ameaçados. A marquesa, depois de saber de cada um dos acontecimentos, julgou que Scuderi estava levando o estranho acontecimento a sério demais, que a zombaria da turba perversa nunca poderia afetar uma alma nobre e piedosa e, por fim, pediu para ver as joias.

Scuderi entregou-lhe a caixinha aberta, e a marquesa, ao ver as preciosas joias, não conseguiu evitar uma exclamação de espanto em voz alta. Pegou o colar e as pulseiras e os levou até a janela, onde os deixou dançarem ao sol, e, em seguida, segurou o delicado trabalho de ourivesaria perto dos olhos para apreciar com qual maravilhosa habilidade havia sido trabalhado cada ganchinho das correntes entrelaçadas.

De repente, a marquesa se virou para Scuderi e perguntou:

— A senhorita bem sabe que ninguém além de René Cardillac poderia ter feito essas pulseiras e esse colar.

René Cardillac era o ourives mais habilidoso de Paris na época, uma das pessoas mais talentosas e, ao mesmo tempo, mais excêntricas de seu tempo. Um homem que era mais baixo que alto, mas que tinha ombros largos e uma constituição forte e musculosa, Cardillac, já na faixa dos cinquenta anos, ainda tinha a força e a agilidade de um jovem. O cabelo cheio, cacheado e avermelhado e as feições compactas e brilhantes também atestavam essa força, que poderia ser chamada de incomum. Se Cardillac não fosse conhecido em Paris como um homem honrado, altruísta, aberto, sem subterfúgios, sempre pronto a ajudar, sua expressão tão especial com olhos verdes pequenos, profundos e faiscantes, seria possível colocá-lo sob suspeita de perfídia e maldade. Pois como já dito, Cardillac era o mais hábil em sua arte não apenas em Paris, mas talvez também o fosse em todo o mundo. Intimamente familiarizado com a natureza das pedras preciosas, sabia tratá-las e engastá-las de tal forma que as joias, inicialmente consideradas discretas, saíam da oficina em um esplendor reluzente. Ele aceitava cada encomenda com desejo ardente e cotava um preço que, de tão baixo, parecia desproporcional ao produto. Por isso, o trabalho não lhe dava sossego, dia e noite se ouvia martelar na oficina e, muitas vezes, quando o trabalho estava quase terminado, de repente lhe desagradava o formato, duvidava da delicadeza de algum engaste das joias, de algum ganchinho — razão suficiente para lançar o trabalho inteiro de volta ao cadinho e recomeçar. Dessa maneira, cada obra virava uma obra-prima pura e insuperável que surpreendia os clientes. Mas, então, dificilmente era possível obter dele o trabalho finalizado. Sob mil pretextos, Cardillac fazia o cliente esperar semana após semana, mês após mês. Em vão, lhe ofereciam o dobro, mas ele não queria aceitar um luís além do preço orçado. Quando por fim tinha que ceder ao pedido e entregar as joias, não conseguia evitar todos os sinais de profundo aborrecimento, até mesmo uma raiva interior que fervia dentro dele. Se tivesse que finalizar uma obra mais importante, generosamente cara, talvez cotada em muitos milhares dada a preciosidade das joias e o primoroso trabalho de ourivesaria, ele andava por aí como se estivesse desorientado, amaldiçoando a si mesmo, ao trabalho e a tudo ao redor. Mas era nesse momento que alguém corria atrás dele e gritava bem alto: "René Cardillac, o senhor não gostaria de fazer um lindo colar para minha noiva, pulseiras para minha namorada etc.?". Então, de repente, ele parava, encarava-o com seus olhos pequeninos e perguntava, esfregando as mãos:

— O que você tem?

Então, a pessoa pegava uma caixinha e falava:

— Aqui estão as joias, não são muito especiais, são comuns, mas nas suas mãos...

Cardillac não deixava a pessoa terminar, lhe arrancava a caixinha das mãos, tirava as joias que, de fato, não valiam muito, as erguia contra a luz e gritava com alegria:

— Hehe... Coisa barata?! De jeito nenhum! Pedras lindas, maravilhosas, deixe-me fazê-lo! E se o senhor não se importar com um punhado de luíses, então quero acrescentar mais algumas pedrinhas que ofuscarão seus olhos como o próprio e caro Sol.

O outro diz:

— Deixo tudo consigo, mestre René, e pago o que desejar!

Não importava se fosse um cidadão rico ou um nobre da corte, Cardillac se lançava com todo o ímpeto em seu pescoço, apertando-o e beijando-o, dizendo que estava feliz de novo e que, em oito dias, o trabalho estaria concluído. Ele corria desabalado para casa, irrompia na oficina e começava a martelar, e em oito dias uma obra-prima era criada. Mas, assim que o cliente chegava e pagava alegremente a pequena quantia exigida, querendo levar consigo as joias prontas, o ourives ficava irritado, grosseiro e desafiador.

— Mas mestre Cardillac, lembre-se, amanhã é meu casamento.

— O que me importa o seu casamento, peça de novo em duas semanas.

— As joias estão prontas, aqui está o dinheiro, preciso pegá-las.

— E eu estou lhe dizendo que ainda preciso fazer muitas alterações e não vou entregá-las hoje.

— E eu estou lhe dizendo que, se o senhor não me der as joias, pelas quais estou disposto a pagar o dobro, na melhor das hipóteses, o senhor me verá chegar logo, logo com as tropas a serviço de Argenson.

— Ora, que Satanás torture o senhor com cem tenazes em brasa e pendure três centos de joias no pescoço de sua noiva para que ele possa estrangulá-la!

Com isso, Cardillac enfiava a joia no bolso da camisa do noivo, agarrava-o pelo braço e o jogava porta afora, para que ele descesse a escada inteira aos tropeções, enquanto gargalhava pela janela como o próprio diabo quando via que o pobre rapaz saía mancando da casa com o lenço na frente do nariz ensanguentado. Também era inexplicável que Cardillac, muitas vezes, ao assumir com entusiasmo uma tarefa, de repente implorasse à pessoa, com profunda agitação emocional e com as garantias das mais emocionantes, até mesmo com soluços e lágrimas, pela Virgem e por todos os santos, que o liberasse do trabalho que havia aceitado. Algumas das pessoas mais respeitadas pelo rei e pelo povo ofereciam em vão grandes quantias para receber de Cardillac a menor obra que fosse. Ele jogava-se aos pés do rei e implorava o favor de não trabalhar para aquela pessoa. Também recusava qualquer encomenda da marquesa de Maintenon, tendo rejeitado, com uma expressão de desgosto e horror, o pedido dela para fazer um pequeno anel decorado com emblemas das artes, o qual Racine receberia como presente.

— Aposto — disse, depois disso, a marquesa —, aposto que, mesmo que eu mande alguém até Cardillac para tentar descobrir para quem fizera essas joias, ele se recusará a vir aqui porque teme receber uma encomenda, pois não quer trabalhar para mim de jeito algum. Embora pareça ter abandonado sua teimosia cega já faz algum tempo. Ouvi dizer que está trabalhando mais do que nunca e que entrega o trabalho no prazo, mas ainda com profundo aborrecimento e de cara feia.

Scuderi, que também se preocupava muito em fazer com que as joias chegassem logo às mãos do legítimo proprietário, pensou que o excêntrico mestre poderia ser informado de antemão que nenhum trabalho era necessário, apenas sua avaliação sobre as joias. A marquesa aprovou tal sugestão. Mandaram trazer Cardillac, que entrou na sala em tão pouco tempo que parecia até que já estava a caminho.

Ao ver Scuderi, pareceu constrangido, como alguém que, surpreendido pelo encontro inesperado, esquece as convenções sociais exigidas. Primeiro, fez uma grande reverência diante da venerável dama e, em seguida, se voltou apenas para a marquesa. Apressada, ela questionou, apontando para as joias que brilhavam sobre a mesa verde-escura, se eram trabalho dele. Cardillac mal olhou para onde ela apontava e, encarando o rosto da marquesa, guardou rapidamente as pulseiras e o colar na caixa que estava ao lado, a qual afastou com força. Então, falou, com um sorriso de desagrado em seu rosto vermelho:

— De fato, senhora marquesa, é preciso desconhecer o trabalho de René Cardillac para acreditar por um instante que fosse que qualquer outro ourives do mundo poderia criar tais joias. Por certo este trabalho é meu.

— Pois, então, diga-nos — continuou a marquesa —, para quem fez essas joias?

— Para mim mesmo — respondeu Cardillac.

Maintenon e Scuderi o fitavam espantadas, uma cheia de desconfiança; a outra com expectativa preocupada sobre o rumo que as coisas estavam tomando. Ele continuou:

— Sim, a senhora pode até achar estranho, senhora marquesa, mas é isso mesmo. Apenas em nome do belo trabalho, juntei minhas melhores pedras, com mais dedicação e cuidado do que nunca. Não faz muito tempo que as joias desapareceram da minha oficina de um jeito inexplicável.

— Graças a Deus! — gritou Scuderi com olhos cintilando de alegria.

Pulou da poltrona com rapidez e agilidade, feito uma jovem. Então caminhou até Cardillac e pousou as duas mãos nos ombros dele.

— Pois receba — disse ela então —, receba de volta, mestre René, a propriedade que os ladrões traiçoeiros roubaram do senhor.

Em seguida, ela lhe contou em detalhes como as joias foram parar em suas mãos. Cardillac ouviu tudo em silêncio e de cabeça baixa, soltando, de vez em quando, umas exclamações quase inaudíveis, "hum", "ora essa", "minha nossa", "aham", e ora levava as mãos para trás das costas, ora acariciava suavemente o queixo e a bochecha. Quando Scuderi terminou seu relato, parecia que Cardillac lutava com pensamentos muito peculiares que lhe ocorreram nesse ínterim, como se alguma decisão não quisesse se concretizar e ser tomada. Ele esfregou a testa, suspirou, correu a mão pelos olhos, muito provavelmente para controlar as lágrimas que brotavam. Por fim, agarrou a caixa que Scuderi lhe estendia, se ajoelhou bem devagar e falou:

— Foi para a senhorita, tão nobre e digna, que tal tragédia destinou estas joias. Sim, apenas agora entendo que pensei na senhorita enquanto trabalhava, sim, trabalhei para a senhorita. Não negue receber essas joias e usá-las, pois é a melhor coisa que fiz em muito tempo.

— Ora, ora — respondeu Scuderi em um charmoso tom de brincadeira. — O que está pensando, mestre René? Acha que seria apropriado ostentar pedras tão brilhantes na minha idade já avançada? E o que lhe passa pela cabeça para me dar um presente tão generoso? Vamos lá, mestre René, se eu fosse bonita e rica como a marquesa de Fontange, não deixaria as joias escaparem de minhas mãos, é verdade, mas de que adianta um esplendor tão grande nesses braços murchos, de que adianta cobrir esse pescoço com ornamentos tão brilhantes?

Nesse meio-tempo, enquanto estendia a caixa para Scuderi, Cardillac se levantara e dissera, com um olhar enlouquecido, como se estivesse fora de si:

— Tenha compaixão por mim, senhorita, e leve as joias. Não vai acreditar na profunda admiração que tenho no coração por sua virtude, por seus méritos elevados! Aceite, pois, minha pequena oferenda como prova de meus sentimentos mais íntimos.

Como Scuderi ainda estava hesitando, Maintenon arrancou a caixinha das mãos de Cardillac, dizendo:

— Ah, pelos céus, senhorita, sempre falando de sua idade avançada! O que nós, eu e a senhorita, já alcançamos com os anos e o peso que eles nos trazem? E não aja como uma jovenzinha tímida que quer pegar a doce fruta que lhe é oferecida, mas sem tocá-la, nem com a mão, tampouco com os dedos. Não rejeite o bravo mestre René, receba voluntariamente como presente o que milhares de outras não podem ter, nem mesmo com todo o ouro, todos os pedidos e todas as súplicas...

Enquanto Maintenon forçava a caixinha para as mãos de Scuderi, Cardillac lançou-se ao chão de joelhos, beijou as saias de Scuderi, suas mãos, gemeu, suspirou, chorou, soluçou, ficou em pé de um pulo, correu como um ensandecido, derrubando cadeiras, mesas e fazendo porcelanas e copos tilintarem, até sair a toda velocidade dali.

Assustada, Scuderi gritou:

— Por tudo o que é mais sagrado, o que está acontecendo com o homem?!

Mas a marquesa, com um humor alegre e uma malícia fora de seu habitual, soltou uma sonora gargalhada e falou:

— Ora, ora, mestre René está fatalmente apaixonado pela senhorita e, de acordo com os corretos usos e costumes comprovados de verdadeira galanteria, ele começa a invadir seu coração com ricos presentes.

Maintenon continuou com a brincadeira, aconselhando que Scuderi não fosse muito cruel com seu amante desesperado, e esta, dando vazão ao humor inato, foi levada pela corrente borbulhante de milhares de ideias engraçadas. Comentou que, se as coisas corressem daquela maneira, ela, vencida, não poderia evitar mostrar ao mundo um incomum exemplo da nobreza impecável da noiva de 73 anos de um ourives. Maintenon ofereceu-se para trançar a coroa da noiva e instruí-la sobre os deveres de uma boa dona de casa, sobre os quais, é claro, uma mocinha tão inexperiente assim não saberia muito.

Quando Scuderi finalmente se levantou para ir embora da casa da marquesa, a caixa de joias foi deixada em suas mãos e, apesar de todos as brincadeiras, a senhorita ficou muito séria. Ela disse:

— Ora, senhora marquesa, eu nunca poderei usar essas joias! Não importa como chegaram até aqui, elas já estiveram nas mãos daqueles sujeitos infernais que, com a impudência do demônio, ou até mesmo em uma aliança maldita com ele, roubam e matam. Sinto repulsa pelo sangue que parece se grudar nesses ornamentos cintilantes. E agora, devo lhe confessar, até o comportamento de Cardillac carrega algo estranhamente assustador e misterioso para mim. Não consigo evitar uma sensação sombria de que existe algum segredo temível e horrendo escondido por trás de tudo isso. Mesmo que pudesse ver tudo de forma clara, com todas as circunstâncias em mente, não consigo nem sequer imaginar em que consiste tal segredo e o que teria o honrado e corajoso mestre René, modelo de cidadão bom e piedoso, a ver com qualquer coisa maléfica e condenável. Mas uma coisa é certa: jamais me atreverei a usar tais joias.

A marquesa pensou que isso seria levar os escrúpulos longe demais, mas quando Scuderi apelou para sua consciência e lhe perguntou o que ela faria na situação em que se encontrava, respondeu com seriedade e firmeza:

— Antes jogar as joias no Sena do que usá-las uma vez sequer.

Scuderi compôs versos dos mais graciosos sobre a cena com mestre René, os quais leu para o rei na noite seguinte, nos aposentos da Maintenon. Pode muito bem ser que, à custa de mestre René, superando todo o pavor de uma premonição sinistra, ela tenha conseguido retratar com cores vivas a encantadora imagem da noiva de 73 anos do ourives, pertencente a uma nobreza tradicional. Foi o suficiente para o rei soltar uma gargalhada do fundo de seu ser e jurar que Boileau-Despréaux[*] já havia encontrado uma rival à altura, pois o poema de Scuderi poderia ser considerado a coisa mais bem-humorada já escrita até então.

---

[*] Nicolas Boileau-Despréaux foi um poeta e crítico francês, representante do classicismo. Famoso por suas sátiras e poemas, o tratado *L'Art poétique*, sua obra mais famosa, defendia a literatura como uma arte regida por regras de clareza e harmonia. [*N.E.*]

Vários meses haviam se passado quando o destino quis que a senhorita de Scuderi atravessasse a Pont Neuf na carruagem de vidro da duquesa de Montansier. A invenção das delicadas carruagens de vidro ainda era tão recente que o povo curioso se acotovelava quando um veículo desses surgia nas ruas. Foi o que aconteceu, uma multidão curiosa cercou a carruagem da duquesa na Pont Neuf, quase impedindo o trotar dos cavalos. Então, a senhorita de Scuderi de repente ouviu palavrões e xingamentos e notou um homem abrindo espaço, desferindo socos e cotoveladas nas costelas das pessoas. E, à medida que se aproximava, ela se deparou com o olhar penetrante do rosto de um jovem pálido como um defunto e atormentado pela aflição. Ele fixou o olhar nela enquanto abria caminho com cotovelos e punhos até alcançar a porta do veículo, que abriu de maneira apressada, jogou um bilhete no colo da senhorita de Scuderi e, desferindo e recebendo socos e pancadas, desapareceu da mesma forma que surgiu. Com um grito de pavor assim que o homem apareceu na porta da carruagem, Martinière, que acompanhava a senhorita de Scuderi, desmaiou nas almofadas da carruagem. Em vão, Scuderi puxava a cordinha para chamar o cocheiro, que, como possuído por um espírito maligno, chicoteava os cavalos, que, por sua vez, espumando pela boca, coicearam para todo lado, empinaram e, por fim, dispararam em um galope ponte afora. A senhorita de Scuderi derramou seu frasco de sais aromáticos sobre a mulher inconsciente, que acabou abrindo os olhos e, trêmula, se agarrou convulsivamente à sua patroa, com medo e horror estampados no rosto pálido. Ela murmurou com dificuldade:

— Pelo amor da Virgem Santíssima! O que queria aquele homem terrível? Ah! Foi ele, sim, foi ele, o mesmo que lhe trouxera a caixinha naquela noite terrível!

Scuderi acalmou a pobre mulher, explicando-lhe que nada de ruim havia acontecido e que tudo o que importava era saber o que havia no bilhete. Ela abriu o pequeno pedaço de papel e encontrou as seguintes palavras:

Uma tragédia horrível que a senhorita conseguiu evitar está me lançando ao abismo! Imploro, tal como o filho à mãe que não consegue abandonar, no fervor mais pleno do amor infantil, que faça com que cheguem às mãos do mestre René Cardillac o colar e as pulseiras que recebera de minhas mãos sob qualquer pretexto. Disso dependem seu bem-estar e sua vida. Se não o fizer até depois de amanhã, invadirei sua residência e me matarei diante de vossos olhos!

— Agora eu sei — disse Scuderi ao ler o que estava escrito no papel —, mesmo que essa pessoa misteriosa pertença ao bando de ladrões e assassinos perversos, ainda não vislumbra um plano maligno contra mim. Se tivesse conseguido falar comigo naquela noite, quem sabe que acontecimento estranho, que relação sombria das coisas teria ficado clara para mim, das quais agora busco algum sentido em minha alma, ainda que em vão. Seja como for que a questão se apresente, farei o que este bilhete me pede, mesmo que seja apenas para me livrar dessas joias amaldiçoadas, que mais me parecem um talismã infernal do próprio mal. Porém, é provável que Cardillac, fiel ao seu antigo costume, não vai querer deixá-las longe de suas mãos tão facilmente.

No dia seguinte, a senhorita de Scuderi planejava levar as joias ao ourives, mas foi como se todos os espíritos mais geniais de toda Paris tivessem combinado de assediá-la com versos, peças e anedotas, justamente naquela manhã. Mal la Chapelle havia terminado de ler as cenas de uma tragédia, com a certeza de ter vencido Racine, este entrou e o derrubou no chão com algum discurso patético de um rei qualquer, até que Boileau disparou seus foguetes em direção ao céu sombrio e trágico, apenas para não ter que ouvir os desatinos constantes sobre a colunata do Louvre, nas quais o arquitético doutor Perrault o havia enclausurado.

Já passava do meio-dia, a senhorita de Scuderi precisava ir até a duquesa Montansier, e por isso adiou a visita ao mestre René Cardillac para a manhã seguinte.

Scuderi foi acometida por um estranho desconforto. O jovem surgia constantemente diante de seus olhos, e, do mais íntimo do seu ser, uma lembrança sombria queria emergir, como se ela já tivesse visto aquele rosto, aquelas feições. O menor cochilo era perturbado por sonhos inquietos, parecia-lhe que ela havia, de forma imprudente, até mesmo punitiva, negligenciado o infeliz, afundando no abismo a mão que havia estendido para pedir ajuda, como se fosse a responsável por qualquer evento desastroso, qualquer crime incontornável! Assim que amanheceu, ela ordenou que a vestissem e seguiu até o ourives com a caixinha de joias.

As pessoas avançavam em direção à rua Nicaise, onde Cardillac morava, reunindo-se à porta do homem, gritando, barulhentas, descontroladas, queriam irromper porta adentro, sendo impedidas com muito esforço pela Maréchaussée, que cercava a casa. Em meio ao rumor insano e confuso, vozes furiosas gritavam: "Destruam, acabem com o maldito assassino!". Por fim, Desgrais apareceu com uma grande tropa, que abriu um caminho em meio à multidão mais densa. A porta da frente se abriu de uma vez, um homem, acorrentado, foi trazido para fora e arrastado sob as mais horríveis imprecações da multidão enfurecida. Quando a senhorita de Scuderi, apavorada e com um terrível pressentimento, viu essa cena, um grito estridente de lamento chegou aos seus ouvidos.

— Vamos! Siga adiante — gritou ela, completamente fora de si, para o cocheiro, que, com um giro rápido e habilidoso, fez a multidão se dispersar e estacionou bem diante da porta da frente de Cardillac.

Lá, a senhorita de Scuderi viu Desgrais e, a seus pés, uma jovem, linda como o dia, meio despida, com o cabelo desgrenhado, um medo selvagem no olhar e um desespero inconsolável no rosto. Ela agarrou os joelhos do homem e gritou no tom mais terrível de agonia:

— Ele é inocente! Ele é inocente!

Foram em vão os esforços de Desgrais e de seu pessoal para arrancá-la dali, para levantá-la do chão. Um camarada forte e corpulento por fim agarrou os braços da moça com punhos grosseiros, arrastou-a com violência para longe de Desgrais, tropeçou desajeitado, soltou a garota, que caiu nos degraus de pedra, em silêncio... permaneceu deitada na rua, como um corpo sem vida. Scuderi não aguentou mais aquela situação.

— Em nome de Jesus, o que aconteceu? O que está acontecendo aqui? — clamou ela, abrindo com agilidade a porta para desembarcar.

O povo abriu caminho respeitosamente à digna dama, que, vendo algumas mulheres piedosas levantarem a garota e colocarem-na nos degraus, enquanto esfregavam a testa com aguardente, se aproximou de Desgrais e repetiu com firmeza a pergunta.

— Aconteceu uma coisa terrível — respondeu Desgrais. — René Cardillac foi encontrado morto esta manhã, esfaqueado. Seu ajudante, Olivier Brusson, é o assassino. Ele acaba de ser levado para a prisão.

— E a moça?! — questionou Scuderi aos berros.

— É... É Madelon, filha de Cardillac — respondeu Desgrais. — O nefasto rapaz era seu amante. Agora ela chora, uiva e grita sem parar que Olivier é inocente, totalmente inocente. Enfim, ela sabe do crime, e eu preciso mandar levá-la também à Conciergerie*.

Ao dizer isso, Desgrais lançou à garota um olhar insidioso, de um contentamento maléfico, diante do qual Scuderi tremeu. A garota então voltou a respirar devagar, mas não havia som ou movimento, ela ficou lá deitada com os olhos fechados, e ninguém sabia o que fazer, se levá-la para dentro de casa ou ficar ao lado dela por mais tempo até que acordasse. Com comoção profunda e lágrimas nos olhos, Scuderi observou o anjo inocente; estava com medo de Desgrais e de seus companheiros. Eis que houve um estrondo surdo descendo as escadas; o cadáver de Cardillac estava sendo trazido. Em uma decisão rápida, Scuderi disse em alto e bom som:

— Vou levar a garota comigo, o senhor cuide do resto, Desgrais!

Um murmúrio de aprovação percorreu o povo. As mulheres ergueram a menina, todos se aglomeraram, cem mãos tentaram apoiá-las, e, como se flutuasse no ar, a garota foi carregada até a carruagem. Fluíram de todos os lábios bênçãos à honorável dama, que livrou a inocente daquele tribunal sanguinário.

Os esforços de Seron, o médico mais famoso de Paris, finalmente conseguiram trazer Madelon de volta a si, depois de horas de inconsciência. Scuderi completou o que o médico havia começado, deixando brilhar na alma da menina tênues raios de esperança, até que uma torrente de lágrimas desaguou dos olhos e lhe devolveu o fôlego. Ela conseguiu contar como tudo aconteceu, só que, de vez em quando, a força avassaladora da dor mais penetrante sufocava suas palavras em soluços profundos.

---

* Vestígio arquitetônico do Palais de la Cité que, após ter sido abandonado pela família real no século XIV, foi convertido em uma prisão. [*N.E.*]

Perto da meia-noite, ela fora acordada por uma leve batida à porta do seu quarto e ouvira a voz de Olivier implorando que ela se levantasse imediatamente porque seu pai estava à beira da morte. Apavorada, a jovem se levantou de um pulo e abriu a porta. Olivier, pálido e desfigurado, pingando de suor e com uma vela na mão, avançou com passos cambaleantes até a oficina, e ela o seguiu. O pai estava deitado com os olhos arregalados, ofegando em uma batalha contra a morte.

Em desespero, ela se jogou sobre ele e só então notou a camisa ensanguentada. Olivier a afastou com gentileza e tentou limpar e fazer um curativo em um ferimento no lado esquerdo do peito do ourives com um bálsamo. Enquanto isso, os sentidos do pai voltaram, ele parou de ofegar e, em seguida, olhou para a filha e para Olivier com uma expressão comovente, tomou a mão dela, pousou-a sobre a mão do jovem e apertou as duas com firmeza. Os dois se ajoelharam ao lado do homem, que se erguera, soltando um grito aterrador, apenas para cair para trás no instante seguinte, falecendo com um suspiro profundo.

Naquele momento, eles começaram a chorar e lamentar. Olivier teria contado como o mestre fora ferido na sua presença durante um passeio ao qual foi chamado durante a noite e como fizera o maior esforço para trazer de volta o pesado homem que ele não conseguira impedir de morrer.

Assim que amanheceu, os funcionários da casa, que haviam ouvido a barulheira, o choro e os gemidos altos à noite, teriam subido e encontrado os dois ajoelhados em completa desolação ao lado do cadáver do ourives. Então, começou a balbúrdia; a Maréchaussée invadira o edifício, e Olivier fora arrastado para a prisão como assassino de seu mestre. Nesse momento, Madelon acrescentou a mais comovente descrição sobre a virtude, a piedade e a lealdade do seu amado Olivier. Como tinha honrado o mestre, como se fosse um pai, como este retribuía seu amor plenamente, como o escolhera como genro, apesar de não ser um partido rico, devido à sua habilidade, lealdade e nobreza de caráter.

Madelon contou tudo isso do fundo do coração e concluiu que, se tivesse visto Olivier apunhalar o peito de seu pai, preferiria considerar que havia sido uma ilusão de Satanás a acreditar que o homem fosse capaz de cometer um crime tão horrível, funesto.

Scuderi, profundamente comovida pelos sofrimentos inomináveis de Madelon e bastante inclinada a considerar inocente o pobre Olivier, empreendeu algumas investigações e descobriu que se confirmava tudo o que Madelon havia dito sobre o relacionamento doméstico entre mestre e ajudante. Os funcionários da casa e os vizinhos elogiaram Olivier por unanimidade como modelo de comportamento moral, piedoso, leal e trabalhador, ninguém conhecia qualquer maldade da parte dele e, ainda assim, quando a conversa rumava para o crime horrendo, todos davam de ombros e diziam ser algo incompreensível.

Olivier, posto diante da Chambre ardente, negou, como soube Scuderi, com a maior firmeza e total clareza, o crime do qual foi acusado. Afirmou que o mestre tinha sido atacado e apunhalado na rua em sua presença, mas que ele o havia arrastado ainda vivo para casa, onde logo falecera. Portanto, essa confissão coincidia com a história contada por Madelon.

Scuderi pedia que repetissem várias vezes os menores detalhes do terrível evento. Ela pesquisou cuidadosamente se alguma vez houve qualquer confronto entre mestre e ajudante, e se era possível que Olivier não estivesse inteiramente livre daquela irascibilidade que pode atacar mesmo as pessoas mais bondosas, como uma loucura cega, e as levar a ações que parecem excluir a possibilidade da vontade própria. Mas quanto mais Madelon falava da tranquila felicidade doméstica em que os três viviam, ligadas pelo mais profundo amor, mais desaparecia qualquer sombra de suspeita contra Olivier, condenado à pena de morte.

Examinando os fatos com cuidado e presumindo que Olivier, apesar de tudo que clamava a favor de sua inocência, ainda fosse o assassino de Cardillac, a senhorita de Scuderi não encontrara motivo para o ato horrendo que, de qualquer forma, destruiria a felicidade de Olivier.

— Ele é pobre, mas virtuoso. Consegue conquistar a afeição do mestre mais famoso, se apaixona pela filha dele, o mestre aprova o amor dele, a felicidade, a prosperidade para toda a sua vida lhe é revelada! Mas, seja lá Deus sabe de que forma, Olivier foi dominado pela raiva e atacou mortalmente seu benfeitor, seu pai. Que hipocrisia diabólica seria preciso ter para se comportar de tal maneira depois do crime?

Com a firme convicção da inocência de Olivier, Scuderi tomou a decisão de salvar o jovem inocente, custasse o que custasse.

Antes de poder apelar ao beneplácito do próprio rei, pareceu-lhe mais prudente dirigir-se ao presidente la Regnie para chamar sua atenção a todas as circunstâncias que estariam a favor da inocência de Olivier, e assim, talvez, despertar na alma do homem uma convicção favorável ao acusado, que deveria ser comunicada aos juízes de forma benevolente.

La Regnie recebeu Scuderi com o elevado respeito que a digna senhorita, altamente honrada pelo próprio rei, tinha o direito de reivindicar. Ele ouviu com calma tudo o que ela tinha a dizer a respeito do ato terrível, das circunstâncias de Olivier, do seu caráter. Entretanto, tudo o que exibia era um sorriso sutil, quase malicioso, com o qual provava que não tinham passado despercebidas as declarações acompanhadas de lágrimas frequentes e os conselhos de que o juiz não devia ser inimigo do acusado, mas que devia prestar atenção a tudo o que pudesse favorecer o réu.

Quando, por fim, a senhorita ficou exausta e se calou, enxugando as lágrimas dos olhos, Regnie começou a falar:

— É inteiramente digno do seu excelente coração, que você, minha senhorita, comovida pelas lágrimas de uma jovem apaixonada, acredite em tudo o que ela diz, sim, que não consiga conceber a ideia de um crime terrível, mas as coisas são diferentes com o juiz, que está acostumado a arrancar a máscara da mais ousada hipocrisia. Talvez não seja da minha alçada explicar o decurso de um processo criminal a todo aquele que me perguntar. Ora, senhorita! Eu cumpro meu dever, pouco me importando com o julgamento do mundo. Os vilões deveriam tremer diante da Chambre ardente, que não conhece punição senão sangue e fogo. Mas não quero ser visto, diante da minha digna senhorita, como um monstro grosseiro e cruel, então, permita-me estender diante de seus olhos, em poucas palavras, a culpa sangrenta do jovem vilão que, graças aos céus, sucumbiu por causa da vingança. A mente perspicaz da senhorita rejeitará até mesmo a boa natureza que a honra, mas que para mim não seria tão adequada. Vamos lá! Pela manhã, René Cardillac é encontrado assassinado com uma punhalada nas costas. Ninguém está com ele, exceto seu ajudante, Olivier Brusson, e a filha do mestre. No quarto de Olivier, entre outras coisas, encontra-se uma adaga tingida com sangue fresco, que se encaixa exatamente na ferida. "Cardillac", diz Olivier, "foi jogado no chão diante dos meus olhos durante a noite." "Eles queriam roubá-lo?" "Não sei!" "Você estava passeando com ele, e não foi possível defendê-lo do assassino? Segurá-lo? Clamar por ajuda?" "O mestre estava andando uns quinze, provavelmente vinte passos à minha frente, e eu o seguia." "Pelos diabos, por que tão longe?" "O mestre queria que fosse assim." "Afinal, o que o mestre Cardillac tinha a fazer tão tarde da noite na rua?" "Isso eu não posso lhe dizer." "Mas ele nunca saía de casa depois das nove da noite, certo?" Aqui, Olivier fica sem palavras, está arrasado, derrama lágrimas, insiste por tudo o que é mais sagrado que Cardillac realmente saiu naquela noite e deu de cara com a morte. Agora, observe bem o seguinte, minha senhorita. Está provado com absoluta certeza que, naquela noite, Cardillac não saíra de casa, o que quer dizer que a afirmação de Olivier de que saiu com ele é uma mentira descarada. A porta da frente é dotada de uma fechadura pesada, que faz um barulho estridente ao ser aberta ou fechada, e depois a folha da porta se move de um jeito desagradável nas dobradiças, rangendo e gemendo, de modo que, como os testes comprovaram, essa barulheira ecoa até mesmo no andar superior. Bem, no andar inferior, ao lado da porta de entrada, mora o velho mestre Claude Patru com sua governanta, de quase oitenta anos, mas ainda muito esperta e ativa. Como de costume, essas duas pessoas ouviram como Cardillac desceu as escadas exatamente às nove horas daquela noite, pôs a trava e trancou a porta com grande estrépito, depois voltou a subir, leu em voz alta a bênção da noite e, em seguida, como se pôde ouvir pela porta sendo batida, entrou no dormitório. Mestre Claude sofre de insônia, como é de costume acontecer com os idosos. Também naquela noite, ele não conseguiu pregar os olhos. Por isso, a governanta acendeu o lampião da cozinha, deveria ser por volta das 21h30, passou pelo corredor e se sentou à mesa com mestre Claude, com uma antiga crônica, que ela lhe leu enquanto o velho, perdido em pensamentos, ora se sentava na poltrona, ora voltava a se levantar e, para chegar de novo ao cansaço e ao sono, andava de um lado para o outro no cômodo, calma e lentamente. Tudo continuou silencioso e tranquilo até depois da meia-noite. Foi quando ela ouviu passos pesados acima de si, uma queda forte, como se uma carga pesada tivesse sido jogada no chão e, logo em seguida, um gemido abafado. Um medo estranho e a apreensão tomaram conta dos dois. O calafrio do ato temível que acabara de ser cometido passou por eles. Com a chegada da manhã, o que havia começado na escuridão veio à luz.

— Mas... — interrompeu Scuderi. — Mas, por tudo o que é mais sagrado, o senhor consegue, diante de todas as circunstâncias que eu lhe contei em detalhes, pensar em qualquer motivação para esse ato infernal?

— Bem — respondeu la Regnie —, Cardillac não era pobre... tinha posse de pedras excelentes.

— Mas a filha não acabou ficando com tudo? — insistiu Scuderi.

— A senhorita esquece que Olivier se tornaria genro de Cardillac. Talvez tivesse que compartilhar ou até mesmo matar por outrem — afirmou la Regnie.

— Compartilhar, matar por outrem? — questionou Scuderi, em completo espanto.

— Saiba — continuou o presidente —, minha senhorita, que Olivier teria sangrado muito tempo antes na Place de Grève se o ato não estivesse relacionado ao segredo que anteriormente pairava de forma tão ameaçadora sobre toda Paris. É óbvio que Olivier pertence àquele bando perverso que soube realizar trapaças com segurança e impunidade, zombando da atenção, do esforço e das investigações dos tribunais. Por meio dele tudo será... tudo precisa ser esclarecido. A ferida de Cardillac é muito parecida com aquelas que as vítimas dos latrocínios sofreram nas ruas e nas casas. Mas o mais importante é que, desde que Olivier Brusson foi preso, cessaram todos os assassinatos e roubos. As ruas estão tão seguras à noite quanto durante o dia. Isso é prova suficiente de que talvez Olivier estivesse à frente daquele bando assassino. Ainda não quer confessar, mas há maneiras de fazê-lo falar.

— E Madelon?! — gritou Scuderi. — E Madelon, a pombinha fiel e inocente?!

— Ora, ora — disse la Regnie, com um sorriso venenoso. — Quem pode me garantir que ela não faz parte do complô?

O que lhe importava o pai? As lágrimas dela caem apenas pelo rapaz assassino.

— O que o senhor está dizendo... — falou Scuderi. — Não é possível... O pai! Essa garota!

— Ah! — continuou la Regnie. — Ah! Basta pensar na Brinvillier! Peço que a senhorita me perdoe se em breve eu for forçado a tirar sua protegida de suas mãos e mandar jogá-la na Conciergerie.

Scuderi ficou horrorizada com essa terrível suspeita. Parecia-lhe que nenhuma lealdade, nenhuma virtude poderia existir diante daquele homem horrendo, como se, em seus pensamentos mais profundos e secretos, ele espreitasse assassinato e derramamento de sangue. Ela se levantou.

— Tenha o mínimo de humanidade. — Foi tudo o que conseguiu dizer em meio a um ofegar ansioso e difícil.

Quando estava prestes a descer as escadas às quais o presidente a acompanhara com polidez cerimonial, ocorreu-lhe, ainda que ela não soubesse como, um pensamento estranho.

— Eu poderia ter permissão para ver o infeliz Olivier Brusson? — perguntou a senhorita de Scuderi ao presidente, virando-se rapidamente.

Ele encarou-a com uma expressão preocupada. Em seguida, seu rosto se contorceu naquele sorriso desagradável que lhe era característico.

— Sem dúvida — disse la Regnie —, sem dúvida, minha digna senhorita, você mesma deseja atestar a culpa ou a inocência de Olivier, confiando mais em seu sentimento, em sua voz interior do que no que está acontecendo diante de nossos olhos. Se a senhorita não tiver medo da morada sombria do crime, se não lhe for repulsivo encarar as imagens da depravação em todas as gradações, então os portões da Conciergerie estarão abertos para a senhorita em duas horas. Este Olivier, cujo destino desperta seu interesse, será apresentado à senhorita.

Na verdade, Scuderi não conseguia se convencer da culpa do jovem. Tudo depunha contra ele, e nenhum juiz no mundo teria agido de forma diferente de la Regnie perante fatos tão decisivos. Mas a imagem da felicidade doméstica, apresentada por Madelon a Scuderi com os traços mais vívidos, ofuscava qualquer suspeita maligna, e por isso ela preferia aceitar um mistério inexplicável a acreditar naquilo contra o que todo o seu íntimo se indignava.

Ela pensou em fazer com que Olivier lhe contasse de novo tudo o que havia acontecido naquela noite fatídica, a fim de adentrar ao máximo um mistério que talvez não tivesse sido revelado aos juízes, porque parecia inútil continuar insistindo nessa revelação.

Quando chegaram à Conciergerie, a senhorita de Scuderi foi conduzida a um aposento grande e bem-iluminado. Não muito tempo depois, ouviu o barulho de correntes. Olivier Brusson foi trazido. Mas, assim que ele entrou pela porta, Scuderi desmaiou. Quando se recuperou, Olivier já havia desaparecido. Ela exigiu com veemência que fosse levada até o coche para ir embora, queria sair imediatamente daqueles aposentos de perversidade escandalosa. Ora essa! À primeira vista, reconhecera Olivier Brusson: era o jovem que jogara o bilhete em sua carruagem na Pont Neuf, aquele que lhe entregara a caixinha com as joias. Em um instante todas as dúvidas haviam sido suspensas, a terrível suspeita de la Regnie fora confirmada. Olivier Brusson pertencia ao terrível bando assassino, e certamente executara o mestre também! E Madelon? Nunca ela havia sido tão amargamente enganada por seus sentimentos íntimos, arrebatada até a morte pelo poder infernal na Terra, em cuja existência não acreditava. Scuderi perdeu a esperança na verdade, que deu espaço à terrível suspeita de que Madelon talvez estivesse conspirando e participando do atroz derramamento de sangue. Assim como acontece com a mente humana que, confrontada com uma imagem, procura e encontra cores para pintá-la com um tom cada vez mais forte, o mesmo fez a senhorita de Scuderi, sopesando todas as circunstâncias do crime e o comportamento de Madelon nos mínimos detalhes, até encontrar muitos elementos para alimentar essa suspeita. Tantas coisas que antes eram consideradas prova de inocência e pureza se tornaram sinais garantidos de maldade perversa e hipocrisia calculada. Aquele lamento dilacerante, as lágrimas de sangue, bem poderiam ter sido extorquidas do medo mortal de ver o amado sangrar, não, foi o medo de cair nas mãos do carrasco. Gostaria de se livrar imediatamente da cobra que se alimentava em seu seio; com essa decisão, Scuderi saiu do coche. Assim que entrou nos aposentos, Madelon se atirou aos seus pés. Ela ergueu os olhos celestiais, nenhum anjo de Deus teria se voltado à senhorita de forma mais fiel, com as mãos cruzadas diante do peito arfante, lamentou e implorou por ajuda e conforto. A senhorita de Scuderi, esforçando-se para se recompor, disse, tentando conferir ao tom de voz o máximo de seriedade e calma que pudesse:

— Vá... vá... console-se apenas sabendo que o assassino aguarda o justo castigo por seus atos indignos... que a Santa Virgem possa evitar que o derramamento de sangue não recaia sobre as suas costas.

— Ah, agora tudo está perdido!

Com esse grito lancinante, Madelon caiu, inconsciente. Scuderi deixou a garota aos cuidados de Martinière e foi para outro aposento.

Dilacerada por dentro, em desacordo com tudo o que é terreno, a senhorita de Scuderi não queria mais viver em um mundo tão cheio de traições infernais. Ela acusou o destino por, em amarga zombaria, lhe conceder tantos anos para fortalecer sua fé na virtude e na lealdade, para depois, em sua velhice, destruir a bela imagem que a iluminava em toda a vida.

A senhorita ouviu Martinière levando embora Madelon, que suspirava baixinho e lamentava:

— Ai! Ela também... ela também foi enganada pelos cruéis. Eu, uma miserável... Pobre e infeliz Olivier!

Aqueles sons penetraram no coração de Scuderi, e mais uma vez, do fundo de seu ser, emergiu a suspeita de um mistério, a crença na inocência de Olivier. Atormentada pelos sentimentos mais contraditórios e fora de si, a senhorita de Scuderi gritou:

— Que espírito dos infernos me envolveu na terrível história que me custará a vida!

Nesse momento, entrou Baptiste, pálido e assustado, com a notícia de que Desgrais estava lá fora. Desde o hediondo processo de la Voisin, a aparição de Desgrais em uma residência era o prenúncio certo de alguma acusação desconcertante. Por isso o choque de Baptiste, e a senhorita perguntou com um leve sorriso:

— O que há com você, Baptiste? Hein? O nome Scuderi estava na lista de la Voisin?

— Ai, pelo amor de Cristo — respondeu Baptiste, tremendo. — Como a patroa pode dizer algo assim... Desgrais... O temível Desgrais age de forma tão misteriosa, com tanta urgência, parece que não consegue nem sequer esperar para vê-la!

— Bem... — disse Scuderi. — Baptiste, traga até aqui essa pessoa que é tão terrível para você e que não consegue causar em mim qualquer preocupação.

— O presidente — disse Desgrais ao entrar na sala —, o presidente la Regnie me envia até a senhorita com um pedido que não teria esperança de ver cumprido se não conhecesse sua virtude, sua coragem, se o último recurso para trazer à luz o terrível crime sangrento não estivesse em suas mãos, se a senhorita já não estivesse participando do processo maligno que deixa pasma a Chambre ardente, deixa a todos nós pasmos. Olivier Brusson está meio louco desde que botou os olhos na senhorita. Por mais que parecesse inclinado a confessar, agora voltou a jurar por Cristo e por todos os santos que é inocente do assassinato de Cardillac, embora tivesse aceitado de bom grado a pena de morte que merecia. Observe, minha senhorita, que o último acréscimo aponta para outros crimes cometidos contra ele, mas foram em vão todos os esforços empregados para que dissesse ao menos mais uma palavra; nem mesmo a ameaça de tortura surtiu efeito. Ele implora, invoca que consigamos um encontro, pois quer confessar tudo apenas para a senhorita. Aceite, minha senhorita, ouvir a confissão de Brusson.

— Como?! — exclamou Scuderi, completamente indignada. — Como posso servir de instrumento do tribunal sanguinolento, como posso abusar da confiança do infeliz para levá-lo ao cadafalso? Não, Desgrais! Mesmo que Brusson seja um assassino perverso, eu nunca poderia enganá-lo de forma tão pérfida. Não desejo saber de seus mistérios, que permaneceriam encerrados no meu peito como uma santa confissão.

— Talvez... — retrucou Desgrais, com um sorriso delicado. — Talvez, minha senhorita, sua opinião mude depois de ouvir o que ele tem a dizer. A senhorita mesmo não pediu ao presidente que tivesse humanidade? Ele o faz cedendo aos desejos tolos de Brusson e, assim, tentando o último recurso antes de impor a tortura para a qual o homem já está pronto há tempos.

Scuderi teve um sobressalto involuntário.

— Veja só — continuou Desgrais —, veja só, digna senhorita, de forma alguma se espera que entre de novo naquelas câmaras obscuras que a enchem de horror e repugnância. Na calada da noite, sem qualquer alarido, Olivier Brusson será levado à sua casa como uma pessoa livre. Nem mesmo ficaremos à espreita para ouvi-lo, mas ele estará bem guardado, caso queira confessar tudo à senhorita com tranquilidade. Garanto-lhe com minha vida que não terá o que temer daquele miserável. Ele fala da senhorita com fervorosa reverência.

Jura que apenas a fatalidade mais sombria o impediu de vê-la antes de ser arrastado para a morte. E, além disso, caberá apenas à senhorita dizer o que quiser do que lhe for revelado. Não a obrigaríamos a mais do que isso.

Scuderi abaixou o olhar, pensativa. Parecia-lhe que devia obedecer ao poder superior que exigia que se revelasse algum mistério terrível, como se ela não pudesse mais escapar das inimagináveis complicações em que se encontrava contra a sua vontade. A decisão enfim tomada, falou com dignidade:

— Deus me concederá a compostura e a firmeza; traga Brusson até aqui, vou falar com ele.

Assim como quando Brusson trouxe a caixinha, houve uma batida à porta da frente da casa da senhorita de Scuderi à meia-noite. Baptiste, informado da visita noturna, abriu a porta. Um arrepio gelado percorreu o corpo dela quando percebeu, pelos passos silenciosos e murmúrios abafados, que os guardas que haviam trazido Brusson estavam espalhados pelos corredores da casa.

Por fim, a porta do aposento se abriu silenciosamente. Desgrais entrou. Atrás dele, Olivier Brusson não estava acorrentado e usava roupas decentes.

— Aqui está — disse Desgrais, curvando-se respeitosamente. — Aqui está Brusson, minha digna senhorita. — E saiu da sala.

Brusson caiu de joelhos diante da senhorita de Scuderi, ergueu as mãos postas em súplica, enquanto lágrimas contínuas escorriam de seus olhos.

Scuderi olhou para ele, pálida e incapaz de dizer uma palavra. Mesmo com as feições distorcidas pela tristeza e pela dor sombria, a expressão pura do espírito mais leal irradiava do rosto do jovem. Quanto mais deixava os olhos pousarem no rosto de Brusson, com mais vividez entrava em foco a lembrança de algum ente querido que ela não conseguia recordar com clareza. Todos os arrepios afastaram-se dela, Scuderi esqueceu que o assassino de Cardillac estava ajoelhado diante de si e falou com o tom gracioso de calma benevolência que lhe era comum:

— Bem, Brusson, o que o senhor tem a me dizer?

Com profunda e fervorosa melancolia, ainda ajoelhado, ele disse:

— Ó, minha mais digna e altamente estimada senhorita, todos os vestígios das minhas lembranças desapareceram?

Scuderi, olhando com mais atenção, respondeu que realmente havia encontrado nas feições dele uma semelhança com uma pessoa bem-quista por ela, e que foi somente por causa dessa semelhança que conseguiu superar sua profunda aversão pelo assassino e ouvi-lo com calma. Brusson, extremamente magoado com essas palavras, levantou-se rapidamente e deu um passo para trás com a cabeça abaixada e uma expressão sombria estampada no rosto. Então, se pronunciou com voz grave:

— A senhorita se esqueceu completamente de Anne Guiot? E de seu filho Olivier... o menino que a senhorita tantas vezes balançou em seus joelhos... é este que está diante da senhorita.

— Ai, pelo amor de tudo o que é mais sagrado! — gritou a senhorita de Scuderi, afundando-se nas almofadas com as duas mãos cobrindo o rosto.

A senhorita de Scuderi provavelmente tinha motivos suficientes para ficar horrorizada dessa forma. Anne Guiot, filha de um cidadão empobrecido, esteve desde cedo com ela, que, assim como uma mãe cria um querido filho, a educou com lealdade e carinho. Quando cresceu, um jovem bonito e decente chamado Claude Brusson apareceu e cortejou a garota. Como ele era um relojoeiro muito habilidoso e podia ganhar o pão de cada dia em abundância na Paris daqueles dias, e como Anne também gostava muito dele, Scuderi não hesitou em concordar com o casamento da filha adotiva. Os jovens estabeleceram-se, vivendo em um lar tranquilo e feliz. Um vínculo de amor que foi ainda mais fortalecido com o nascimento de um menino maravilhoso à imagem e semelhança da adorável mãe.

Scuderi fez do pequeno Olivier um ídolo, arrancava-o dos braços da mãe por horas ou dias para mimá-lo. Por isso, o menino se afeiçoou a ela e gostava de ficar com a senhorita tanto quanto com a própria mãe. Três anos se passaram quando a inveja dos ganhos de Brusson sentida pelos colegas de ofício fez com que seu trabalho diminuísse a cada dia, de modo que, no final, ele mal conseguia se alimentar. Somava-se a isso a saudade de sua bela Genebra natal, e assim se sucedeu que a pequena família se mudou para lá, apesar da resistência de Scuderi, que havia prometido a eles todo o apoio possível. Anne escreveu mais algumas vezes à mãe de criação, depois permaneceu em silêncio, o que a fez acreditar que a vida feliz na terra natal de Brusson não permitia mais que emergisse a lembrança dos dias que tinham vivido antes.

Já fazia 23 anos que Brusson havia deixado Paris com a mulher e o filho, e se mudado para Genebra.

— Ai, que terrível! — gritou Scuderi quando se recuperou um pouco. — Ai, que terrível! É você, Olivier? Filho da minha Anne! E agora?

— Sou eu, minha digna senhorita — respondeu Olivier, calmo e controlado. — Jamais poderia imaginar que o menino de quem a senhorita cuidava da maneira mais carinhosa, a quem embalava no colo e mimava com guloseimas, a quem deu os apelidos mais doces, um dia estaria, diante da senhorita, transformado em um jovem acusado de um crime sanguinolento horrível! Não me isento de reprimendas, a Chambre ardente pode, com razão, me acusar de um crime, mas, por mais que eu espere morrer em paz, mesmo que pelas mãos do carrasco, não sou culpado de qualquer derramamento de sangue. Não foi por mim, nem por minha culpa, que o infeliz Cardillac morreu!

Com essas palavras, Olivier começou a tremer e cambalear. Scuderi apontou silenciosamente para uma pequena poltrona ao lado dele, na qual se sentou devagar.

— Tive tempo suficiente — começou ele — para me preparar para a conversa com a senhorita, o que considero o último favor de um céu reconciliado, de modo a reaver o tanto de calma e compostura necessário para lhe contar a história de meu contratempo terrível e inaudito. Tenha a misericórdia de me ouvir com calma, por mais que a descoberta de um segredo do qual a senhorita certamente não suspeitava possa surpreendê-la e até mesmo enchê-la de horror. Se ao menos meu pobre pai nunca tivesse saído de Paris! No que diz respeito às minhas lembranças de Genebra, vejo as lágrimas de meus pais desconsolados, e até me levando às lágrimas, mesmo quando nada compreendia. Mais tarde, tive a sensação clara, a plena consciência da falta mais urgente, da profunda miséria em que meus pais viviam. Meu pai decepcionou-se, oprimido e assolado por uma dor profunda, morreu no momento em que conseguiu me levar a encontrar um cargo como aprendiz de ourives. Minha mãe falava muito da senhorita, queria reclamar de tudo que passava, mas depois foi tomada pelo desânimo causado pela miséria. Isso e, provavelmente, um constrangimento errôneo, que muitas vezes atormenta o espírito já ferido, impediram-na de tomar sua decisão. Alguns meses depois da morte de meu pai, minha mãe o seguiu para o túmulo.

— Anne, coitadinha! Coitadinha! — vozeou Scuderi, dominada pela dor.

— Graças e louvores ao poder eterno do céu que ela se foi e não viu o filho amado cair nas mãos do carrasco, marcado pela vergonha! — gritou Olivier, lançando um olhar ensandecido e terrível para o alto.

Lá fora, houve uma agitação, pessoas andavam de um lado para outro.

— Olhe, olhe! — continuou Olivier com um sorriso amargo. — Desgrais acorda os carrascos como se eu pudesse escapar daqui. Mas, sigamos em frente! Fui tratado com severidade pelo meu mestre, embora logo tivesse começado a trabalhar melhor do que ele e, por fim, tenha-o superado em muito. Aconteceu que, certa vez, um estranho veio à oficina para comprar algumas joias. Ao ver um lindo colar que eu havia feito, deu-me um tapinha nos ombros com expressão simpática e, olhando para as joias, disse: "Ora, ora, meu jovem amigo, esse é mesmo um trabalho excelente. De fato, não sei quem mais poderia superá-lo além de René Cardillac, que é, obviamente, o melhor ourives que há neste mundo. É a ele que você deve buscar; Cardillac o aceitará na oficina com felicidade, porque apenas você pode apoiá-lo no trabalho artístico, e apenas com ele você, por outro lado, ainda poderá aprender algumas coisas". As palavras do estranho penetraram profundamente em minha alma. Eu já não tinha paz em Genebra, e esse sentimento me afastava com violência para longe. Por fim, consegui me livrar do meu mestre e vim para Paris. René Cardillac recebeu-me com frieza e grosseria. Eu não me deixei abater, pois ele precisava me dar um trabalho, por menor que fosse. Tive que fazer um pequeno anel. Quando levei o trabalho até Cardillac, ele me encarou com aqueles olhos brilhantes, como se quisesse ver o meu íntimo mais profundo. Então, me disse: "Você é um sujeito capaz, corajoso, pode vir morar comigo e me ajudar na oficina. Pagarei bem, ficará satisfeito por estar comigo". Cardillac manteve sua palavra. Passei várias semanas com ele sem ter visto Madelon, que, se não me engano, na época, vivia no interior com alguma tia de Cardillac. Por fim, ela voltou para casa. Ó, eterno poder do céu, o que aconteceu comigo quando vi a imagem do anjo! Será que alguém já amou mais do que eu? E agora! Ó, Madelon!

Olivier não conseguiu continuar falando tamanha era sua dor. Ele cobriu o rosto com as mãos e começou a chorar violentamente. Afinal, lutando com força contra a dor enlouquecedora que o dominava, continuou a falar:

— Madelon me olhou com olhos amistosos. Ela vinha com cada vez mais frequência à oficina. Com encantamento, tomei ciência do seu amor. Por mais que o pai nos vigiasse, muitos apertos de mão furtivos eram vistos como sinal de um laço formado, mas Cardillac parecia não notar. Pensei que, uma vez conquistados os favores dele, poderia adquirir a maestria necessária para cortejar Madelon. Certa manhã, quando eu estava prestes a começar a trabalhar, Cardillac apareceu na minha frente, com os olhos cheios de raiva e desprezo. "Não preciso mais do seu trabalho", disse ele, "saia desta casa agora mesmo, nunca mais quero vê-lo. Nem preciso dizer por que não posso mais tolerá-lo aqui. A doce fruta que tenta alcançar está muito alta para você, seu pobre coitado." Eu quis argumentar, mas ele me agarrou com punho forte e me jogou porta afora, de modo que caí e fiquei gravemente ferido na cabeça e no braço. Indignado, dilacerado por uma dor terrível, saí de casa e, por fim, encontrei um conhecido bondoso no outro extremo do subúrbio de St. Martin que me acolheu em seu sótão. Eu não tinha paz, nem descanso. À noite, andava perto da casa de Cardillac, pensando que Madelon ouviria meus suspiros, meus lamentos, que talvez pudesse falar comigo da janela sem se deixar ouvir. Todos os tipos de planos audaciosos passaram pela minha cabeça, de cuja execução eu esperava convencê-la. A casa de Cardillac na rua Nicaise é cercada por um muro alto com vitrais e imagens antigas de pedra meio dilapidadas. Certa noite, perto de uma dessas estátuas de pedra, olho para as janelas da casa lá em cima, que dão para o pátio. Então, de repente, vejo luz na oficina. É meia-noite. Cardillac nunca estava acordado a essa hora, ia para a cama às nove horas. Meu coração palpita forte pela ansiedade, penso em algum evento que talvez abra o caminho para mim. Mas a luz desaparece em um instante. Aperto-me à estátua, ao nicho, mas recuo de horror quando sinto uma pressão contrária ao meu corpo, como se a imagem tivesse ganhado vida. No brilho crepuscular da noite, noto que a pedra está girando devagar e uma figura escura sai de trás dela e caminha silenciosamente pela rua. Salto até a estátua, mas ela está tão rente ao muro quanto antes. De modo involuntário, como se movido por um força interior, me esgueiro por trás da imagem. Justamente na imagem da Virgem Maria, a figura olha em volta, todo o brilho da lâmpada acesa em frente à imagem incide sobre seu rosto. É Cardillac! Um medo incompreensível, um estranho horror me domina. Como se estivesse enfeitiçado, preciso ir embora... ir atrás... do sonâmbulo fantasmagórico. É o que penso ser o mestre, independentemente de não ser época de lua cheia, quando tais espectros enganam os adormecidos.

Por fim, Cardillac desaparece de lado nas sombras profundas. Enquanto isso, percebo, por meio de um leve e familiar pigarro, que ele está na entrada de uma casa. "O que significa isso, o que ele está fazendo?", pergunto-me, atônito, e me esgueiro para mais perto das casas. Não demora muito para que um homem apareça, cantando e assobiando, com um chapéu de plumas brilhante e esporas tilintando. Como um tigre prestes a dar o bote, Cardillac salta do seu esconderijo sobre o homem, que no mesmo momento cai no chão, ofegante. Com um grito de terror, dou um pulo, e Cardillac está sobre o homem caído no chão. "Mestre Cardillac, o que está fazendo?!", grito para ele. "Maldito!", berra de volta, passando por mim na velocidade de um raio e desaparecendo. Fora de mim, mal conseguindo ter forças para caminhar, aproximo-me do homem prostrado. Ajoelho-me ao lado dele, *talvez*, penso eu, *ele ainda possa ser salvo*, mas já não há vestígio de vida nele. Com meu medo da morte, mal percebo que a Maréchaussée me cercou. "Um dos demônios atacou novamente... ora, ora... jovem, o que está fazendo aí? Você é do bando? Vamos levá-lo!" Então, eles gritaram uns com os outros e me agarraram. Mal consigo gaguejar que jamais cometeria um crime tão atroz e que deveriam me deixar em paz. Então, alguém ilumina meu rosto e grita, rindo: "Esse é Olivier Brusson, o ourives que trabalha para nosso honesto e bom mestre René Cardillac! Sim, é ele quem está matando pessoas nas ruas! Parece-me que sim... é como os assassinos que lamentam ao lado do cadáver e depois se deixam apanhar. Como aconteceu, garoto? Diga, coragem". Eu respondi: "Bem na minha frente, uma pessoa pulou sobre ele, o derrubou e fugiu como um raio enquanto eu gritava. Quis ver se o homem derrubado ainda poderia ser salvo". "Não, meu filho!", grita um dos que recolhiam o cadáver, "Ele morreu, a adaga atravessa o coração, como sempre." "Diabo", comenta outro, "chegamos atrasados de novo, como anteontem." Com isso, eles se afastam com o cadáver.

"Não consigo nem dizer como me senti; apalpei meu corpo para saber se não estava sendo assolado por um pesadelo; parecia-me que estava prestes a acordar e me espantar com uma fantasmagoria enlouquecida. Cardillac, o pai da minha Madelon, era um assassino perverso! Sem forças, caí nos degraus de pedra de uma casa. A manhã avançava cada vez mais com sua claridade, um chapéu de oficial, ricamente decorado com penas, jazia na calçada à minha frente. O ato sangrento de Cardillac, cometido no local onde eu estava sentado, passou diante de mim. Aterrorizado, eu fugi a toda velocidade.

"Estou sentado no meu sótão completamente confuso, quase sem sentidos, quando a porta se abre e René Cardillac entra. 'Pelo amor de Cristo! O que o senhor quer?!', gritei para ele. Cardillac, sem prestar atenção, vem até mim e sorri com uma calma e afabilidade que aumentam minha aversão interior. Arrasta um banquinho velho e frágil e se senta ao meu lado, já que não consigo me levantar da cama de palha em que eu havia me atirado. 'Muito bem, Olivier', começa ele, 'Como vai você, pobre garoto? Na verdade, eu me apressei terrivelmente quando o expulsei da minha casa, sinto sua falta sobremaneira. Neste momento, tenho um trabalho em mente que não posso concluir sem a sua ajuda. Que tal você voltar a trabalhar na minha oficina? Por que está em silêncio? Sim, eu sei, eu o insultei. Não queria esconder de você que estava com raiva por causa do seu flerte com minha Madelon. Mas eu pensei melhor a respeito depois e descobri que, com sua habilidade, seu trabalho diligente e sua lealdade, eu não poderia desejar um genro melhor. Então, venha comigo e veja se consegue conquistar Madelon para que se torne sua esposa.'

"As palavras de Cardillac cortaram meu coração, estremeci com sua perfídia, não consegui pronunciar uma palavra. 'Você está hesitando', continuou ele, em um tom áspero, os olhos brilhantes me perfurando. 'Está hesitando? Talvez não possa vir comigo hoje pois tem outras coisas para fazer! Talvez queira visitar Desgrais, ou até mesmo se apresentar a d'Argenson ou la Regnie. Tome muito cuidado, garoto, para que as garras que você quer atrair para a ruína de outras pessoas não se apoderem de você e o destruam.' Então, meu espírito de profunda indignação brota de repente: 'Que aqueles', grito eu, 'que tenham ciência de seus crimes terríveis tremam com os nomes que você acabou de mencionar... eu não temo, pois nada tenho a ver com eles!'. 'Realmente', continua Cardillac, 'realmente, Olivier, seria uma honra para você trabalhar para mim, para mim, o mestre mais famoso de seu tempo, muito respeitado em todos os lugares pela lealdade e integridade, de modo que qualquer calúnia maligna se voltaria pesadamente sobre o caluniador. No que diz respeito a Madelon, só tenho que confessar que você deve minha indulgência tão somente a ela. Madelon o ama com uma firmeza que eu não poderia imaginar que a delicada menina possuísse. Assim que partiu, ela caiu aos meus pés, abraçou meus joelhos e confessou entre mil lágrimas que não conseguiria viver sem você. Achei que fosse apenas um capricho, como acontece a jovens apaixonadas, que desejam morrer assim que o primeiro rapazinho cheirando a leite as olha com amizade. Mas, de fato, minha Madelon ficou fraca, adoeceu, e, quando tentei dissuadi-la daquela loucura, chamou seu nome uma centena de vezes. No fim das contas, o que eu poderia fazer se não quisesse vê-la em desespero? Ontem à noite, eu disse a ela que concordava com tudo e que viria buscá-lo. Madelon floresceu durante a noite como uma rosa e agora está lhe esperando, completamente fora de si pela saudade do amor.' Que o poder eterno do céu me perdoe, mas não sei como aconteceu que de repente me vi na casa de Cardillac com Madelon gritando em pleno júbilo: 'Olivier, meu Olivier, meu amado, meu esposo!'. E correndo na minha direção. Ela abraçou-me, apertou-me com força contra o peito, de modo que, em meio aos excessos do maior dos deleites, jurei pela Virgem e todos os santos que nunca, jamais a abandonaria!"

Abalado pela lembrança desse momento crucial, Olivier precisou parar por um instante. Scuderi, horrorizada com o crime de um homem que ela considerava pura virtude, a própria retidão, exclamou:

— Terrível! René Cardillac pertence ao bando dos assassinos que transformou nossa boa cidade em um covil de ladrões por tanto tempo?

— O que quer dizer, minha senhorita, com bando? — perguntou Olivier. — Nunca existiu tal bando. Foi *apenas* Cardillac quem procurou e encontrou as vítimas através de atividades perversas por toda a cidade. Foi por estar sozinho que ele executou maldades impossíveis de rastrear. Mas me deixe continuar, a perseguição vai revelar à senhorita os segredos da mais perversa e, ao mesmo tempo, mais infeliz de todas as pessoas. A situação em que me encontrava com o mestre qualquer um consegue facilmente imaginar. O passo foi dado, não pude voltar atrás. Às vezes, me parecia que eu próprio tinha virado um cúmplice dos assassinatos de Cardillac. Apenas com o amor de Madelon eu esquecia o tormento interior que me acossava, apenas com ela conseguia apagar todos os vestígios externos de uma dor inominável. Quando trabalhava com o velho na oficina, não conseguia olhar para seu rosto e mal conseguia dizer uma palavra por causa do horror que me abalava quando na presença dessa pessoa infame, que cumpria todas as virtudes do pai leal e terno, do bom cidadão, enquanto, à noite, ocultava seus delitos. Madelon, menina piedosa e angelical, agarrava-se a ele com um amor devotado. Despedaçava-me o coração pensar que, se a vingança recaísse sobre o vilão e ele fosse desmascarado, ela, sem dúvida, ludibriada por toda a astúcia infernal de Satanás, sucumbiria em meio a um desespero terrível. Apenas isso calava minha boca, e por isso eu teria que tolerar a morte do criminoso. Apesar de ter conseguido extrair informações suficientes das conversas dos homens da Maréchaussée, os delitos de Cardillac, a motivação e a forma como foram cometidos continuavam sendo um mistério para mim, mas o esclarecimento não demorou muito a surgir.

— Um dia, Cardillac, que geralmente trabalhava com um bom humor que me causava repulsa, estava muito sério e retraído. De repente, ele jogou de lado as joias em que estava trabalhando com tanta força que a pedra e as pérolas rolaram, se levantou violentamente e disse: "Olivier! As coisas não podem ficar assim entre nós dois, essa relação é insuportável para mim. O que a melhor astúcia de Desgrais e dos camaradas dele não conseguiu revelar, o acaso jogou no seu colo. Você me viu no trabalho noturno ao qual minha sina maligna me leva, não há como resistir. Foi também a tua sina que fez com que você me seguisse, que o envolveu em véus impenetráveis, que deu aos seus passos a leveza que fazia com que caminhasse sem que ninguém o ouvisse, como o menor dos animais, de forma que eu, que enxergo na noite mais profunda como o tigre, que ouço o menor barulho, o zumbido dos mosquitos a ruas de distância, não o notei. Sua sina trouxe você, meu companheiro, até mim. Do jeito que está agora, a traição não é mais uma opção. Por isso você deve saber de tudo". *Nunca serei seu companheiro, vilão hipócrita*, foi o que eu quis gritar, mas o pavor íntimo que me arrebatou com as palavras de Cardillac deu um nó na minha garganta. Em vez de palavras, só consegui emitir um som incompreensível. Cardillac recostou-se de novo na cadeira de trabalho e secou o suor da testa. Parecia estar lutando para se recompor, profundamente afetado pela lembrança do passado. Por fim, ele começou: "Os sábios falam muito sobre as estranhas impressões que as mulheres podem ter quando estão naquele estado interessante, e sobre a influência maravilhosa dessas impressões externas, intensas e inconscientes, sobre o ser ainda em gestação. Certa vez, minha mãe me contou uma história engraçada. Quando estava grávida de um mês de mim, ela e outras mulheres assistiram a uma esplêndida festa da corte realizada no Trianon. Então, os olhos dela pousaram sobre um cavaleiro com roupas espanholas e uma corrente de joias brilhantes no pescoço, do qual ela não conseguia mais tirar os olhos. Todo o seu ser se tornou puro desejo pelas pedras cintilantes, que lhe pareciam um bem sobrenatural. Por vários anos, quando minha mãe ainda não era casada, o mesmo cavaleiro havia desafiado sua virtude, mas foi rejeitado com desgosto. Minha mãe reconheceu-o, mas naquele instante lhe parecia que, no brilho dos diamantes, ele era um ser de ordem superior, a beleza personificada. O cavaleiro notou o olhar melancólico e ardente de minha mãe, e acreditou estar mais sortudo do que antes. Sabia como se aproximar dela e, mais ainda, como atraí-la para longe dos conhecidos, para um lugar isolado. Lá ele a envolveu ansiosamente nos braços, mas, quando minha mãe tocou o lindo colar, o homem desabou, arrastando-a para o chão com ele. Tenha sido por um ataque que o atingiu de repente ou por alguma outra causa, foi o que bastou para fazê-lo expirar. Os esforços de minha mãe para libertar-se dos braços do cadáver, congelados no espasmo da morte, foram em vão. Com os olhos vazios, cuja capacidade de visão havia desaparecido, fixos nela, o morto rolou com ela pelo chão. O grito estridente de socorro da minha mãe por fim alcançou as pessoas que passavam ao longe, que vieram correndo e a resgataram dos braços do horrível amante. O choque jogou a minha mãe em um leito, gravemente doente. Davam-na por perdida, como também a mim, mas ela se recuperou, e o parto foi mais tranquilo do que qualquer um poderia esperar. No entanto, os horrores daquele momento terrível deixaram uma marca em mim. Meu destino maligno havia surgido e lançado dentro de mim a faísca que acendeu uma das paixões mais estranhas e perniciosas. Mesmo na minha mais tenra infância, eu valorizava acima de tudo diamantes brilhantes e joias de ouro, o que era considerado uma tendência infantil comum. Mas as coisas se desenrolaram de forma diferente, porque, quando menino, eu roubava ouro e joias onde quer que pudesse. Como o conhecedor mais experiente, instintivamente distinguia as falsas das verdadeiras. Essa era a única coisa que me atraía; eu deixava de lado o ouro falso e o folheado. O desejo inato não se apagou mesmo com os mais cruéis castigos do meu pai. Para poder manusear apenas ouro e pedras preciosas, recorri à profissão de ourives. Trabalhei com paixão e logo me tornei o melhor mestre do ofício. Então, começou um período em que o impulso inato, reprimido por tanto tempo, cresceu com violência e floresceu com força, consumindo tudo ao redor. Assim que fazia e entregava uma joia, caía em um estado de inquietação, em uma desolação que me roubava o sono, a saúde e a vontade de viver. Como um espectro, a pessoa para quem eu trabalhava ficava diante de meus olhos dia e noite, adornada com minhas joias, e uma voz sussurrava em meus ouvidos: 'É sua, é sua, é só pegar, de que valem os diamantes a um cadáver?'. Então, por fim, comecei a recorrer às habilidades de roubo. Tive acesso às casas dos grandes, aproveitei rapidamente todas as oportunidades, nenhuma fechadura resistia à minha habilidade, e logo as joias que eu havia feito voltavam às minhas mãos. Mas isso ainda não aliviava minha inquietação. Eu ainda conseguia ouvir aquela voz misteriosa, que zombava de mim e gritava: 'Ora, ora, um defunto está usando suas joias!'. Eu mesmo não sabia como, mas sentia um ódio indescritível por aqueles para quem eu produzia as joias. Sim! No fundo de minha alma, vivia um desejo tão assassino contra eles que me fazia tremer. Foi nessa época que comprei esta casa. Fiz um acordo com o proprietário; aqui nesta sala, sentamo-nos juntos, alegres com o fechamento do negócio, e bebemos uma garrafa de vinho. Já anoitecia e eu queria ir embora quando ele disse: 'Escute, mestre René, antes de ir embora, preciso lhe contar um segredo sobre esta casa'. Então, destrancou um armário embutido da parede, afastou a parede dos fundos do móvel, entrou em uma pequena sala, se abaixou e levantou um alçapão. Descemos uma escada íngreme e estreita, chegamos a um portão estreito, que ele destrancou, e saímos para o pátio aberto. Nesse momento, o velho senhor, meu vendedor, caminhou até a parede, empurrou um pedaço de ferro que estava apenas ligeiramente saliente, e logo um pedaço da parede se soltou, de forma que uma pessoa poderia facilmente passar pela abertura e sair para a rua. Você precisa ver essa obra de arte algum dia, Olivier, provavelmente os espertos monges do mosteiro que já ocupou este prédio mandaram criá-la para poderem entrar e sair secretamente. É um pedaço de madeira, apenas argamassado e caiado por fora, no qual é inserida por fora uma estátua, também de madeira, mas idêntica à pedra, que gira junto com a estátua em dobradiças ocultas. Pensamentos sombrios surgiram em mim quando vi essa instalação, pareceu-me que havia sido preparada para tais atos que ainda não compreendia. Eu havia acabado de entregar a um cavalheiro da corte uma rica joia que, eu sei, era destinada a uma dançarina de ópera. A tortura da morte não demorou a retornar, o fantasma se agarrava aos meus passos, o Satanás balbuciante ao meu ouvido! Mudei-me para a casa. Banhado no suor sanguinário do medo, rolei insone na cama! Em minha mente, vejo a pessoa se aproximando da dançarina com minhas joias. Cheio de raiva, eu pulo, jogo meu casaco sobre as costas, desço a escada secreta, atravesso o muro para sair na rua Nicaise. Ele vem vindo, eu caio sobre ele, ele grita, mas eu o agarro por trás e enfio a adaga em seu coração — a joia é minha! Depois que fiz isso, senti uma paz, um contentamento na alma, como nunca antes havia sentido. O fantasma desaparecera, a voz de Satanás silenciara. Naquele momento, soube o que minha estrela maligna queria, eu precisava ceder ou morreria! Agora você entende minhas ações e movimentos, Olivier! Não pense que, por ter que fazer o que não posso deixar de fazer, renunciei completamente a esse sentimento de piedade e misericórdia que se supõe inerente à natureza humana. Você sabe como me é difícil entregar uma joia. Também não trabalho para alguns cuja morte não desejo. Mesmo sabendo que, no dia seguinte, o sangue banirá meu fantasma, hoje me contentarei com um bom soco que derrubará o dono do meu tesouro no chão e o trará de novo para mim." Dito tudo isso, Cardillac me conduziu à cripta secreta e permitiu que eu desse uma olhada no gabinete de joias. Nem o rei as possuía em maior riqueza. Para cada joia, um pedacinho de papel pendurado informava exatamente para quem havia sido feita e quando fora furtada, roubada ou sido fruto de latrocínio. "No dia do seu casamento", continuou Cardillac em tom solene, "no dia do seu casamento, Olivier, você fará um juramento sagrado para mim, pousando a mão sobre a imagem de Cristo crucificado, bem como quando eu morrer: você vai destruir todas essas riquezas até virar pó por um meio que então lhe informarei. Não quero que nenhum ser humano, muito menos Madelon e você, tome posse do tesouro adquirido com sangue."

— Preso neste labirinto de crime, dividido entre o amor e a aversão, o deleite e o horror, eu podia ser comparado ao amaldiçoado para quem um anjo gentil acena com um sorriso suave, mas que Satanás prende firmemente com garras incandescentes, e o sorriso de amor do anjo piedoso, no qual toda a bem-aventurança do firmamento se encontra refletida, se torna o mais feroz de seus tormentos. Pensei em fugir, até mesmo em suicídio, mas Madelon! Culpe-me, culpe-me, minha digna senhorita, por ser fraco demais para dizimar com violência uma paixão que me atava ao crime. Mas será que não estou pagando por isso com uma morte ignominiosa? Um dia, Cardillac voltou para casa excepcionalmente alegre. Acariciou Madelon, me lançou os olhares mais amigáveis, bebeu à mesa uma garrafa de vinho nobre, como fazia apenas nas grandes festas e feriados, cantou e se regozijou. Madelon havia nos deixado a sós, eu fiz menção de entrar na oficina: "Fique sentado, rapaz!", exclamou Cardillac. "Hoje não há mais trabalho, vamos tomar outra bebida pelo bem-estar da mais digna e excelente dama de Paris." Depois de brindarmos e de ele ter esvaziado uma taça cheia, ele disse: "Diga-me, Olivier, o que acha destes versos: *'Un amant qui craint les voleurs/n'est point digne d'amour!'*". Então, narrou o que aconteceu com a senhorita e o rei nos aposentos da Maintenon e acrescentou que sempre a admirou como a nenhum outro ser humano, e que, dotada de virtude tão elevada, diante da qual a estrela maligna empalidecia sem forças, mesmo envergando as mais belas joias feitas por ele, um fantasma maligno nunca havia despertado nele pensamentos de assassinato. "Ouça, Olivier", disse ele, "o que decidi fazer. Há muito tempo, eu precisava fazer colares e pulseiras para Henriette da Inglaterra e fornecer eu mesmo as pedras. Tive sucesso nesse trabalho como em nenhum outro, mas meu peito se dilacerou quando pensei em ter que me desfazer das joias que se tornaram o tesouro do meu coração. Você conhece a infeliz morte da princesa assassinada. Guardei as joias e agora quero enviá-las à senhorita de Scuderi como sinal de meu respeito e gratidão em nome do bando perseguido... Além de a senhorita de Scuderi receber o sinal revelador de seu triunfo, também zombarei de Desgrais e de seus companheiros, assim como eles merecem. Você vai levar essas joias para ela." Assim que Cardillac proferiu seu nome, senhorita, foi como se os véus obscuros fossem arrancados, e a bela e luminosa imagem da minha feliz infância reaparecesse em cores vivas e brilhantes. Sobre minha alma sobreveio uma maravilhosa consolação, um raio de esperança diante do qual os espíritos das trevas desapareceram. Cardillac deve ter percebido a impressão que as palavras causaram em mim e as interpretou à maneira dele. "Você parece gostar do meu plano", disse ele. "Posso confessar que uma voz interior profunda, muito diferente daquela que exige sacrifício de sangue como um predador faminto, me ordenou a fazer isso. Às vezes, sinto algo estranho em minha mente, um medo interior, o temor de algo terrível, cujo horror se espalha no tempo vindo de um além distante, tomando conta de mim violentamente. Então, até mesmo me parece que o que a estrela maligna começou através de mim poderia ser atribuído à minha alma imortal, que não tem parte nisso. Com tal disposição, resolvi fazer uma linda coroa de diamantes para a Santa Virgem da Igreja de Santo Eustáquio. Mas aquele medo incompreensível tomava conta de mim com mais intensidade sempre que eu ensejava iniciar os trabalhos, por isso parei de fazê-lo de uma vez por todas. Agora, me parece que estou humildemente fazendo um sacrifício à própria virtude e piedade e implorando uma intercessão eficaz enviando à senhorita de Scuderi as mais belas joias que já fiz." Cardillac, intimamente familiarizado com o seu modo de vida, minha senhorita, disse-me como e quando deveria entregar as joias que ele trancou em uma caixinha limpa. Todo o meu ser foi tomado de alegria, pois o próprio céu, por meio do perverso Cardillac, mostrou-me o caminho para me salvar do inferno em que eu, um pecador rejeitado, definhava. Assim pensei eu. Queria chegar até a senhorita completamente contra a vontade de Cardillac. Como filho de Anne Brusson, como seu protegido, pensei em me jogar aos seus pés e revelar tudo... tudo. A senhorita, movida pela miséria indizível que ameaçava a pobre e inocente Madelon frente à descoberta feita, teria guardado segredo, mas sua mente elevada e perspicaz certamente encontraria meios seguros de lidar com a maldade perversa de Cardillac sem que ela fosse revelada. Não me pergunte em que deveriam ter consistido esses meios, não sei, mas a convicção de que a senhorita salvaria Madelon e a mim estava firme em minha alma, como a fé na ajuda consoladora da Santa Virgem. A senhorita sabe que fracassei na minha intenção naquela noite, mas não perdi a esperança de ter êxito em uma outra vez. Assim, aconteceu que de repente Cardillac perdeu todo o ânimo. Vagava em uma névoa, olhando para o vazio, murmurando palavras incompreensíveis, lutando com as mãos para afastar os inimigos; a mente dele parecia atormentada por pensamentos malignos. Fez isso durante uma manhã inteira. Por fim, se sentou à mesa de trabalho, levantou-se de novo, impaciente, olhou pela janela, e disse de forma séria e sombria: "Gostaria que Henriette da Inglaterra tivesse usado minhas joias!". Essas palavras me encheram de horror. Nesse momento eu soube que sua mente louca estava mais uma vez dominada pelo hediondo espectro do assassinato, que a voz de Satanás mais uma vez ficara alta em seus ouvidos. Vi sua vida, senhorita, ameaçada pelo demônio perverso e assassino. Se ao menos Cardillac tivesse suas joias de volta em mãos, a senhorita estaria a salvo. A cada momento, o perigo aumentava. Então, encontrei a senhorita na Pont Neuf, subi em sua carruagem e joguei em seu colo o bilhete que implorava que devolvesse a Cardillac as joias que havia recebido. A senhorita não veio. Meu medo aumentou até o desespero quando, no dia seguinte, Cardillac não falou de outra coisa senão das caríssimas joias que apareceram diante de seus olhos na noite anterior. Por certo se referia às joias da senhorita, e tive certeza de que ele estava pensando em algum tipo de tentativa de assassinato, que certamente já havia decidido executar naquela noite. Eu precisava salvá-la, mesmo que isso custasse a vida de meu mestre. Assim que Cardillac se trancou como de costume, depois da oração da noite, subi por uma janela para o pátio, passei pela abertura na parede e fiquei escondido nas sombras profundas. Não demorou muito para que ele saísse e se esgueirasse silenciosamente pela rua, e eu o seguia. Seguiu para a rua St. Honoré, o que fez meu coração palpitar. De repente, Cardillac desapareceu da minha visão. Decidi ficar ao lado de sua porta, senhorita. Então, um oficial passa sem me notar, cantando e assobiando, como aconteceu quando o acaso me transformara em espectador do assassinato perpetrado por Cardillac. Mas, no mesmo momento, uma figura escura salta e o ataca. É Cardillac. Quero evitar esse assassinato, então grito e chego até lá em dois ou três pulos. Não o oficial, mas Cardillac é que cai no chão, ofegante, para morrer. O oficial deixa cair a adaga, saca a espada da bainha, se põe a postos para duelar comigo, acreditando que sou o ajudante do assassino, mas se afasta às pressas ao se dar conta de que estou apenas investigando as condições do corpo sem prestar atenção nele. Cardillac ainda estava vivo. Depois de recolher a adaga que o oficial havia deixado cair, coloquei-o sobre os ombros e o arrastei, com muita dificuldade, para casa e, através da passagem secreta, fui até a oficina. Do restante, a senhorita sabe. Repare, minha digna senhorita, que meu único crime foi não ter traído o pai de Madelon diante dos tribunais, pondo assim fim aos seus crimes. Estou limpo de todo o derramamento de sangue, nenhuma tortura me forçará a revelar o segredo dos crimes de Cardillac. Não quero que, apesar do poder eterno com que o pai escondera da filha virtuosa os crimes terríveis e sangrentos, se abata sobre ela agora toda a miséria do passado, matando-a, que ainda agora a vingança mundana desenterre o cadáver, cavando a terra que o cobre, que ainda agora o carrasco marque a fogo com vergonha o esqueleto já apodrecido. Não! A amada da minha alma há de chorar por mim como o inocente caído, o tempo aliviará a sua dor, mas seriam insuportáveis os sofrimentos causados pelos terríveis feitos do seu amado pai!

Olivier calou-se, mas uma torrente de lágrimas brotou de seus olhos. Ele se jogou aos pés de Scuderi, implorando:

— A senhorita está convencida da minha inocência... certamente está! Tenha piedade de mim e me diga como está Madelon!

Scuderi chamou Martinière e, depois de alguns momentos, Madelon voou para os braços de Olivier.

— Agora que você está aqui, está tudo bem... eu sabia que a senhorita mais generosa o salvaria! — gritou Madelon repetidas vezes.

E Olivier se esqueceu de seu destino, tudo o que o ameaçava, ele estava livre e feliz. Os dois lamentaram de forma tocante a saudade um do outro e, em seguida, voltaram a se abraçar e a chorar de alegria por terem se reencontrado.

Se a senhorita de Scuderi já não estivesse convicta da inocência de Olivier, teria se convencido nesse momento, ao olhar para os dois, que, na felicidade da mais íntima aliança de amor, se esqueceram do mundo, da miséria e do sofrimento inominável.

— Não — afirmou ela —, apenas um coração puro é capaz de um esquecimento tão ditoso.

Os raios brilhantes da manhã irrompiam pelas janelas. Desgrais bateu com suavidade na porta dos aposentos e lembrou que era hora de levar Olivier Brusson embora, o que não poderia ser feito mais tarde sem causar tumulto. Os amantes precisavam se separar...

Os pressentimentos sombrios que dominavam a mente de Scuderi desde que Brusson entrara pela primeira vez em sua casa ganhavam vida de uma forma terrível. Ela viu o inocente filho de sua amada Anne enredado de tal maneira que salvá-lo de uma morte vergonhosa dificilmente parecia concebível. Louvava o heroísmo do jovenzinho, que preferia morrer carregando toda aquela culpa a revelar um segredo que acabaria com a vida de sua Madelon. Entre todas as possibilidades, não descobriu um meio de arrebatar o coitadinho daquele tribunal cruel. E, ainda assim, tinha certo em sua alma que não deveria poupar qualquer sacrifício para evitar a flagrante injustiça que estava prestes a ser cometida...

Ela ficou atormentada com todo tipo de projetos e planos que beiravam o aventureiro e que rejeitou tão rapidamente quanto os criou. Cada vez mais, os lampejos de esperança desapareciam, de modo que ela começou a entrar em desespero. Mas a confiança incondicional, piedosa e infantil de Madelon, a transfiguração com que ela falava do amado, que, em breve, absolvido de toda a culpa, a abraçaria como esposa, voltava a animar Scuderi na mesma medida em que seu coração era profundamente tocado por essa imagem.

Por fim, para tomar alguma atitude, a senhorita de Scuderi escreveu uma longa carta a la Regnie, na qual lhe explicava que Olivier Brusson havia demonstrado para ela, da forma mais convincente, sua total inocência na morte de Cardillac. Apenas a decisão heroica de levar um segredo para o túmulo, cuja revelação corromperia a inocência e a própria virtude, impedia-o de fazer a confissão ao tribunal que o libertaria da terrível suspeita não apenas de que assassinara Cardillac, mas também de que pertencia ao bando de assassinos perversos. Scuderi havia usado tudo o que uma fervorosa devoção e uma eloquência intelectual podiam fazer para abrandar o duro coração de la Regnie. Depois de algumas horas, o presidente respondeu, dizendo que estava muito satisfeito por Olivier Brusson ter se justificado à elevada e digna benfeitora. Quanto à decisão heroica de Olivier de levar para o túmulo um segredo relacionado ao crime, ele lamentou que a Chambre ardente não pudesse louvar tal heroísmo, e que precisava tentar destruí-lo pelos meios mais potentes possíveis. Esperava estar de posse do estranho segredo depois de três dias, o que provavelmente traria à luz o prodígio ocorrido.

Scuderi sabia muito bem o que o terrível la Regnie queria dizer com os meios que deveriam destruir o heroísmo de Brusson. Era certo que a tortura seria infligida ao infeliz. No seu pavor fatal, por fim ocorreu a Scuderi que, para obter um adiamento, o aconselhamento de um perito jurídico poderia ser útil. Pierre Arnaud d'Andilly era o advogado mais famoso de Paris na época. O profundo conhecimento e a ampla compreensão eram comparáveis apenas à integridade e à virtude. Scuderi foi até ele e lhe contou tudo, na medida do possível, sem violar o segredo de Brusson. Ela acreditava que d'Andilly cuidaria do inocente, mas suas esperanças foram amargamente frustradas. Após ouvir tudo com calma, respondeu com um sorriso e as palavras de Boileau:

— *Le vrai peut quelque fois n'etre pas vraisemblable.**

Ele provou à Scuderi que as razões mais evidentes para a suspeita depunham contra Brusson, que o processo de la Regnie não podia de forma alguma ser chamado de cruel ou precipitado, mas, pelo contrário, era totalmente lícito, e que não poderia agir de outra forma sem violar os deveres de juiz. Ele, d'Andilly, não se atreveria a salvar Brusson da tortura, mesmo com a defesa mais habilidosa. Apenas o próprio Brusson poderia fazê-lo, quer por meio de uma confissão sincera, quer pelo menos por meio do relato mais preciso das circunstâncias do assassinato de Cardillac, o que talvez desse origem a novas investigações.

— Então, me jogarei aos pés do rei e implorarei sua misericórdia — disse Scuderi, fora de si, com a voz meio embargada pelas lágrimas.

— Não! — exclamou d'Andilly. — Pelo amor dos céus, não faça isso, minha senhorita! Guarde esse último recurso, que, se falhar uma vez, estará perdido para sempre. O rei nunca concederá clemência a um criminoso dessa espécie, pois a reprovação mais amarga do povo ameaçado recairia sobre ele. É possível que Brusson, pela revelação do segredo ou por algum outro meio, encontre uma forma de eliminar as suspeitas contra si. Então, aí será hora de implorar a misericórdia do rei, que não perguntará o que está provado ou não no tribunal, mas consultará as próprias convicções.

---

* Às vezes, a verdade não pode ser provada. [*N.T.*]

Scuderi teve que concordar com a opinião muito experiente de d'Andilly. Imersa em profunda tristeza, ponderando e contemplando o que, por amor da Virgem e de todos os santos, deveria fazer para salvar o infeliz Brusson, ela estava sentada em seus aposentos tarde da noite quando Martinière entrou e anunciou que o conde de Miossens, coronel da Guarda do Rei, desejava urgentemente falar com a senhorita.

— Perdoe-me — disse Miossens, curvando-se com postura militar —, perdoe-me se recorro à senhorita tão tarde, em momento tão inconveniente. Nós, soldados, procedemos assim, e me justifico com poucas palavras. Quem me traz aqui é Olivier Brusson.

Scuderi, cheia de expectativas com o que estava prestes a ouvir, exclamou:

— Olivier Brusson?! O mais infeliz de todos os homens? O que o senhor traz a respeito ele?

— Pensei mesmo — continuou Miossens com um sorriso — que o nome de seu protegido seria suficiente para me garantir sua atenção. O mundo inteiro está convencido da culpa de Brusson. Sei que a senhorita tem uma opinião diferente, que se baseia, obviamente, apenas nas afirmações do acusado, conforme dizem. Comigo é diferente. Ninguém pode estar mais convencido do que eu da inocência de Brusson na morte de Cardillac.

— Fale, ah, fale — pediu Scuderi, com olhos cintilando de alegria.

— Fui eu — confirmou Miossens, enfático — quem derrubou o velho ourives na rua St. Honoré, não muito longe da sua casa.

— Por todos os santos, o senhor... o senhor! — exclamou Scuderi.

— E — continuou Miossens — eu juro, minha senhorita, que estou orgulhoso do que fiz. Saiba que Cardillac foi o vilão mais perverso e hipócrita, que assassinava e roubava traiçoeiramente durante a noite e que escapou de todas as armadilhas por tanto tempo. Eu mesmo não sei de que maneira, mas surgiu em mim uma suspeita íntima a respeito do velho malvado quando ele trouxe as joias que eu havia encomendado, claramente desconfortável, querendo saber quem eu pretendia presentar e quando questionara o meu serviçal de quarto de maneira muito astuta a que horas eu visitava uma certa senhora. Já vinha chamando minha atenção o fato de que as infelizes vítimas do terrível predador pereceram todas com a mesma ferida mortal. Eu tinha certeza de que o assassino era treinado com um golpe que matasse no mesmo instante. Se falhasse, teria que enfrentar uma luta de iguais. Isso me trouxe a necessidade de uma medida de precaução tão simples que não consigo entender como outros não chegaram até ela e se salvaram da ameaçadora criatura. Eu usava uma leve armadura no peito, sob o colete. Cardillac me atacou por trás e me agarrou com força descomunal, mas o golpe certeiro deslizou no ferro. No mesmo momento, me desvencilhei e cravei a adaga que tinha em mãos no peito dele.

— E o senhor permaneceu em silêncio — perguntou a senhorita de Scuderi —, não contou aos tribunais o que havia acontecido?

— Permita-me — respondeu Miossens —, permita-me, minha senhorita, observar que tal denúncia poderia me envolver, se não na ruína total, pelo menos em um processo dos mais hediondos. Será que la Regnie, pressentindo o crime por toda a parte, teria realmente acreditado em mim se eu tivesse acusado o justo Cardillac, modelo de piedade e virtude, de tentativa de homicídio? E se a espada da justiça voltasse sua ponta contra mim?

— Não seria possível — exclamou Scuderi —, sua origem, sua posição na sociedade...

— Ah — continuou Miossens —, pense no marechal de Luxemburgo, cuja ideia de pedir a le Sage para fazer seu mapa astral o colocou sob suspeita de envenenamento e foi levado para a Bastilha. Não, por são Dionísio, não arriscaria uma hora de liberdade nem a ponta da minha orelha ao enlouquecido la Regnie, que ficaria feliz em atravessar nossa garganta com uma faca.

— O senhor vai permitir que o inocente Brusson vá ao cadafalso? — perguntou Scuderi, interrompendo-o.

— Inocente — retrucou Miossens —, inocente, minha senhorita, assim você chama o cúmplice do perverso Cardillac? Que o apoiava em seus atos? Que merece a morte cem vezes? Não, na verdade, ele está sendo sangrado com razão, e o fato de eu ter revelado o verdadeiro contexto da situação para você, minha cara senhorita, foi porque, sem me entregar nas mãos da Chambre ardente, saberia como usar o meu segredo para beneficiar seu protegido de alguma forma.

A senhorita de Scuderi, profundamente encantada por ver confirmada de forma tão decisiva sua convicção da inocência de Brusson, não hesitou em revelar tudo ao conde, que já conhecia os crimes de Cardillac, nem exigir que ele a acompanhasse em uma visita a d'Andilly. A ele é que tudo devia ser revelado sob estrito sigilo, e com o homem que ela precisava se aconselhar para saber o que fazer em seguida.

Depois que Scuderi lhe contou tudo em detalhes, D'Andilly perguntou de novo sobre as menores circunstâncias. Em particular, perguntou ao conde Miossens se também estava convencido de que tinha sido atacado por Cardillac e se poderia reconhecer Olivier Brusson como a pessoa que carregou o corpo.

— Mais ainda — respondeu Miossens —, reconheci muito bem o ourives na noite de luar, também vi a adaga, que foi usada para apunhalar Cardillac, com o próprio la Regnie. É a minha, que se distingue pelo delicado trabalho do cabo. A apenas um passo dele, vi todas as feições do jovem cujo chapéu havia caído da cabeça e, sem dúvida, poderia reconhecê-lo.

D'Andilly olhou para ele em silêncio por alguns momentos e, em seguida, disse:

— Brusson não pode ser salvo das mãos da justiça da maneira habitual. Ele não quer chamar Cardillac de ladrão assassino por conta de Madelon. Isso ele pode fazer, pois, mesmo que conseguisse provar, pela revelação da saída secreta e do tesouro roubado, também seria condenado à morte como cúmplice. A mesma condição se confirmaria se o conde Miossens abrisse aos juízes o incidente com o ourives tal como realmente aconteceu. O *adiamento* é a única coisa pela qual podemos lutar. O conde Miossens vai à Conciergerie, pede que lhe apresentem Olivier Brusson e o reconhece como aquele que carregou o corpo de Cardillac. Ele corre para la Regnie e diz: "Na rua St. Honoré, vi uma pessoa sendo derrubada. Eu estava perto do cadáver quando outro saltou, se inclinou sobre o cadáver e, como enxergou que ainda estava com vida, o carregou consigo sobre os ombros, levando-o embora. Reconheci que essa pessoa era Olivier Brusson". Esta declaração levaria Brusson a ser interrogado de novo, ter uma acareação com o conde Miossens. Bastará para que a tortura seja evitada e continuem as investigações. Nesse momento, é hora de recorrer ao próprio rei. À sua engenhosidade, minha senhorita! Caberá à senhorita fazê-lo da maneira mais habilidosa. Na minha opinião, seria bom revelar todo o segredo ao rei. Essa declaração do conde Miossens corroborará as confissões de Brusson. O mesmo poderá acontecer com investigações secretas na casa de Cardillac. Não será um veredito, mas, enquanto o juiz deve punir, a decisão será do rei, baseada em um sentimento íntimo que expressa misericórdia, que poderá justificar tudo isso...

O conde Miossens seguiu o que d'Andilly aconselhou, e realmente aconteceu o que este previra.

Passara a ser uma questão a lidar com o rei, e esse era o ponto mais difícil, já que tomara tanta aversão por Brusson, a quem considerava somente como o terrível ladrão e assassino que aterrorizara toda Paris durante tanto tempo, que ficou extremamente irritado com a mera menção ao infame julgamento. Maintenon, fiel ao seu princípio de nunca falar de coisas desagradáveis ao rei, recusou fazer qualquer mediação, e assim o destino de Brusson foi posto inteiramente nas mãos de Scuderi. Depois de muito pensar, ela tomou uma decisão com a mesma rapidez com que a executou. Vestiu uma túnica preta feita de seda pesada, se adornou com as joias requintadas de Cardillac, pendurou um longo véu preto sobre a cabeça e apareceu nos aposentos de Maintenon no momento em que o rei estava presente. A nobre figura da venerável senhorita naqueles trajes solenes envergava uma majestade que certamente despertaria profunda admiração mesmo entre as pessoas desregradas que estão acostumadas a manter seu comportamento descuidado e alheio nas antecâmaras. Todos abriram passagem timidamente e, quando ela entrou, até o rei se levantou, surpreso, e foi ao seu encontro. Então, os diamantes preciosos do colar e das pulseiras cintilaram aos olhos dele, e o monarca gritou:

— Por Deus, essas são as joias de Cardillac! — E, virando-se para Maintenon, acrescentou com um sorriso gracioso: — Veja só, senhora marquesa, como nossa bela noiva sofre pelo noivo.

— Ah, meu nobre senhor — disse Scuderi, como se continuasse a piada —, como uma noiva tão cheia de sofrimento ousaria se adornar de forma tão reluzente? Não, eu me livrei por completo desse ourives e não pensaria mais nele se a horrível imagem do seu assassinato não me fosse, às vezes, trazida diante dos olhos.

— Como assim — perguntou o rei —, como assim? A senhorita pôs os olhos no pobre diabo?

Scuderi explicou, em poucas palavras, como o acaso (ainda não havia mencionado a interferência de Brusson) a levou à casa de Cardillac no momento em que o assassinato fora descoberto. Ela descreveu a dor ensandecida de Madelon, a profunda impressão que a menina tão angelical causou nela, a maneira como resgatara a coitadinha das mãos de Desgrais sob júbilo do povo. Com interesse cada vez maior, começou a relatar as cenas com la Regnie, com Desgrais e com o próprio Olivier Brusson. O rei, tomado pela violência de uma vida tão vívida que ardia no discurso de Scuderi, não percebeu que estavam falando do odioso processo de Brusson, a quem detestava, não conseguia pronunciar uma palavra, apenas dar vazão à comoção interna por meio de uma ou outra exclamação. Antes que percebesse, completamente fora de si com a situação inaudita que estava ouvindo e sem conseguir ordenar tudo, Scuderi já estava aos pés do rei, implorando por misericórdia para Olivier Brusson.

— O que está fazendo — explodiu o rei, tomando-a pelas mãos e forçando-a a se sentar na poltrona —, o que está fazendo, minha senhorita?! De que forma estranha a senhorita me surpreende! Essa é uma história abominável! Quem pode garantir a veracidade da história aventureira de Brusson?

Então, Scuderi responde:

— A declaração de Miossens... a investigação na casa de Cardillac... uma convicção interior... ai! O coração virtuoso de Madelon, que reconheceu a mesma virtude no infeliz Brusson!

O rei, prestes a responder, virou-se ao ouvir um barulho que vinha da porta. O marquês de Louvois, que trabalhava em outro aposento, espiou para dentro com uma expressão preocupada. O rei levantou-se e, seguindo Louvois, saiu da sala. Tanto Scuderi quanto Maintenon consideraram essa uma interrupção perigosa, pois, uma vez surpreendido, o rei deveria se proteger para não cair na armadilha uma segunda vez. No entanto, depois de alguns minutos, o monarca voltou, andou pela sala rapidamente algumas vezes, depois se aproximou de Scuderi com as mãos às costas e, sem olhar para ela, disse em meio-tom:

— Muito bem, eu gostaria de ver sua Madelon!

Então, Scuderi disse:

— Ai, meu amado senhor, que grande, grande felicidade que considerai a pobre e infeliz criança... ai, tudo de que precisava era de vosso aceno para ver a pequenina aos vossos pés.

E então, o mais rápido que pôde com as roupas pesadas, ela correu até a porta e gritou que o rei queria que Madelon Cardillac se apresentasse diante dele, voltou, chorou e soluçou de alegria e emoção. Scuderi suspeitou que tal favor lhe seria concedido e, por isso, levara consigo Madelon, que esperava ao lado da camareira da marquesa com uma breve petição nas mãos, que d'Andilly lhe redigira. Em poucos instantes, ela se lançou sem dizer palavra aos pés do rei. Medo, consternação, tímida reverência, amor e dor fizeram o sangue fervente da pobrezinha correr cada vez mais rápido por todas as suas veias. As bochechas brilhavam em um tom púrpura profundo, os olhos cintilavam com as brilhantes pérolas lacrimosas, que de vez em quando se desprendiam por entre os cílios sedosos sobre seu lindo colo de lírio. O rei pareceu impressionado com a beleza maravilhosa daquele anjo. Com gentileza, levantou a garota do chão e fez um movimento como se quisesse beijar a mão que havia segurado. Ele soltou-a novamente e encarou a adorável moça com um olhar umedecido em lágrimas que testemunhava a mais profunda emoção interior. Maintenon balbuciou baixinho para Scuderi:

— Ela não se parece muito com la Vallière*, aquela pequenina? O rei se deleita nas mais doces recordações. Seu jogo está ganho.

Ainda que Maintenon tivesse falado isso baixinho, o rei parecia ter ouvido. Um rubor surgiu em seu rosto. Passando o olhar por Maintenon, ele leu a súplica que Madelon lhe entregara e, então, disse com suavidade e gentileza:

— Posso acreditar que você, minha querida menina, esteja convencida da inocência de seu amado, mas vamos ouvir o que a Chambre ardente diz sobre isso!

Com um movimento suave da mão dispensou a pequena, que estava para se desfazer em lágrimas. Para sua surpresa, Scuderi percebeu que a lembrança de Vallière, por mais benéfica que parecesse inicialmente, havia mudado a opinião do rei assim que Maintenon a mencionou. Talvez o rei tenha sentido que foi lembrado de forma indelicada do que estava prestes a sacrificar: o estrito direito em detrimento da beleza. Ou talvez se sentisse como o sonhador que, quando repreendido, via as belas imagens mágicas que haviam lhe passado pela cabeça desaparecendo rapidamente. Talvez não visse mais sua Vallière diante de si, mas apenas pensasse na *soeur Louise de la misericorde* (o nome do convento de la Vallière com as irmãs carmelitas), que o atormentava com sua piedade e penitência. O que mais poderia ser feito agora além de se esperar, com paciência, pelas decisões do rei?

Entretanto, a declaração do conde Miossens perante a Chambre ardente tornou-se conhecida, e, como muitas vezes acontece, o povo foi facilmente levado de um extremo ao outro. A mesma pessoa que fora amaldiçoada como o assassino

---

* Louise de la Vallière foi amante de Luís XIV, com quem teve vários filhos. Após sofrer com a falta de reconhecimento público, retirou-se para o convento de Chaillot, onde se tornou monja carmelita. [N.E.]

mais perverso e a quem ameaçavam despedaçar antes mesmo de subir ao palanque sanguinário, passara a ser considerada a vítima inocente de um sistema de justiça bárbaro. Só então os vizinhos se lembraram de sua conduta virtuosa, do grande amor por Madelon, da lealdade, da devoção de corpo e alma que tinha para com o velho ourives. Multidões inteiras apareceram muitas vezes de forma ameaçadora em frente ao palácio de la Regnie e gritaram: "Entregue-nos Olivier Brusson, ele é inocente!", e até atiravam pedras nas janelas, de modo que la Regnie foi forçado a procurar proteção na Maréchaussée diante da população enfurecida.

Vários dias se passaram sem que Scuderi tivesse notícias do julgamento de Olivier Brusson. Desolada, foi até Maintenon, que lhe garantiu que o rei se mantinha calado a respeito do assunto e que não seria prudente lembrá-lo. Então, ela perguntou com um sorriso estranho o que a pequena Vallière estava fazendo. Assim, Scuderi percebeu que, por trás do orgulho, havia um aborrecimento com um assunto que poderia atrair o sensível rei para um território cuja magia ela não compreendia. Portanto, nada dela podia esperar de Maintenon.

Por fim, com a ajuda de d'Andilly, Scuderi conseguiu descobrir que o rei tivera uma longa e secreta conversa com o conde Miossens. Além disso, que Bontems, que era o valete e encarregado de maior confiança do rei, estivera na Conciergerie e falara com Brusson, e que, finalmente, certa noite, o mesmo Bontems esteve na casa de Cardillac acompanhado de várias pessoas e lá permaneceu por muito tempo. Claude Patru, o morador do andar inferior, garantiu que houve barulhos no andar de cima durante toda a noite, e Olivier certamente estava lá porque ele reconheceu sua voz, sem dúvida alguma. Era tão certo que o próprio rei mandou investigar o verdadeiro contexto desse caso, mas a longa demora na decisão continuava além da compreensão de todos. La Regnie faria tudo o que pudesse para agarrar com firmeza a vítima que estava prestes a ser arrancada dele, estragando qualquer esperança que tivesse surgido.

Quase um mês se passou quando chegou a Scuderi uma mensagem de que o rei desejava vê-la naquela noite nos aposentos de Maintenon.

O coração de Scuderi palpitou, pois ela sabia que o caso de Brusson seria decidido. Contou à pobre Madelon, que rezava fervorosamente à Virgem, a todos os santos, que o rei estivesse convencido da inocência de Brusson.

E, no entanto, parecia que o rei tinha se esquecido por completo do caso, pois, como sempre, enquanto mantinha uma conversa agradável com Maintenon e Scuderi, não gastava uma única sílaba para fazer menção ao coitado Brusson. Finalmente, Bontems apareceu, se aproximou do rei e falou algumas palavras tão baixinho que as duas damas não conseguiram entendê-las. Scuderi tremia por dentro. Então, o rei se levantou, caminhou em direção a ela e disse com os olhos brilhantes:

— Desejo-lhe sorte, minha senhorita! Seu protegido, Olivier Brusson, está livre!

Scuderi, com lágrimas escorrendo dos olhos, sem conseguir dizer palavra, quis se jogar aos pés do rei. Ele a impediu, dizendo:

— Vá, vá! A senhorita deveria ser advogada parlamentar e lutar por minhas disputas jurídicas, porque, por são Dionísio, ninguém na Terra consegue resistir à sua eloquência. Mas — acrescentou em tom mais sério — mesmo aquele que tem a proteção da própria virtude talvez não esteja a salvo de todas as acusações malignas, da Chambre ardente e de todos os tribunais do mundo!

Nesse momento, Scuderi encontrou as palavras que se derramaram como os mais fervorosos agradecimentos. O rei a interrompeu, anunciando que em sua casa a esperavam agradecimentos muito mais fervorosos do que ele poderia exigir dela, pois o feliz Olivier já estaria abraçando sua Madelon naquele momento.

— Bontems — concluiu o rei —, Bontems pagar-lhe-á mil luíses, que a senhorita pode dar à pequena em meu nome como um dote de noivado. Que ela se case com seu Brusson, que não merece tanta felicidade, mas que, em seguida, os dois abandonem Paris. Essa é a minha vontade.

Martinière foi ao encontro de Scuderi com passos rápidos, seguida por Baptiste, os dois com os rostos reluzentes de alegria, os dois comemorando e gritando:

— Ele está aqui... ele está livre! Ai, jovens queridos!

O abençoado casal caiu aos pés de Scuderi.

— Ai, eu sabia que a senhorita, somente a senhorita, salvaria meu marido! — exclamou Madelon.

— Ai, minha fé na senhorita, minha mãe, era firme em minha alma — disse Olivier, e os dois beijaram as mãos da digna senhorita e derramaram mil lágrimas quentes.

Em seguida, se abraçaram de novo e afirmaram que a bem-aventurança transcendente daquele momento superava todo o sofrimento inominável dos últimos dias; e juraram não se separar até a morte.

Depois de alguns dias, a bênção do padre os uniu. Mesmo que não tivesse sido a vontade do rei, Brusson não teria podido ficar em Paris, onde tudo o lembrava daquela época terrível dos crimes de Cardillac, onde alguma coincidência revelaria hostilmente o segredo maligno, conhecido por muitas pessoas, e sua vida pacífica poderia ser perturbada para sempre. Logo após o casamento, acompanhado das bênçãos de Scuderi, ele se mudou para Genebra com sua jovem esposa. Com o rico dote de noivado de Madelon, em posse de raras habilidades em seu ofício, com todas as virtudes cívicas, uma vida feliz e despreocupada o aguardava lá. As esperanças que no passado iludiram seu pai até o túmulo se tornaram realidade para ele.

Um ano havia passado desde a partida de Brusson, quando surgiu um comunicado público, assinado por Harloy de Chauvalon, arcebispo de Paris, e pelo advogado parlamentar Pierre Arnaud d'Andilly, no sentido de que um pecador arrependido sob o sigilo de confissão entregara à Igreja um rico tesouro de joias e pedras preciosas que haviam sido roubadas. Qualquer pessoa que tivesse tido uma joia roubada em via pública no final do ano de 1680, principalmente por meio de um ataque assassino, devia se apresentar a d'Andilly e, se a descrição da joia roubada correspondesse exatamente a qualquer das peças encontradas e não se encontrasse dúvida sobre a legitimidade de tal reclamação, a peça seria devolvida.

Muitos dos que constavam da lista de Cardillac como vivos, pois tinham sido apenas atingidos por um soco, foram aos poucos se apresentando na casa do advogado parlamentar e, surpresos, recebiam de volta as joias que lhes haviam sido subtraídas.

O restante foi integrado ao tesouro da igreja de santo Eustáquio.

Como criar e subverter um gênero ao mesmo tempo

por Luisa Geisler

Paris: até hoje a capital do amor. O *grand siécle* de Luis XIV, momento em que o Palácio de Versalhes é construído. É nesta Paris romântica, é neste *grand siécle*, que um homem caminha sob a luz da lua com um presente que levará à sua amada. Quem lê a história ajeita a postura. Com um frio na barriga, uma animação, expectativas surgem. Deve ser um casal apaixonado — quem sabe até um amor proibido? — na corte. Talvez quem lê se prepare para uma serenata sob uma varanda. E. T. A. Hoffmann sabe de nossas expectativas. E é por isso que nos choca com o assassinato e roubo do homem que leva esse presente no meio da noite. Escrita em 1819, a história da senhorita de Scuderi e dos assassinatos em busca de joias continua cativando audiências e foi até adaptada em um musical. Como essa narrativa consegue ecoar por tantos anos? Por que ela ainda nos toca em pleno 2025?

Ao longo da história, E. T. A. Hoffmann subverte toda e qualquer expectativa. Uma cidade romântica? Pois Paris é perigosíssima. Amor verdadeiro? Pois esteja disposto a morrer por ele (ou ir para a cadeia). Roubos de gatunos? Pois as joias têm valor além do monetário. Em cima disso, temos personagens encantadores — e a mais encantadora de todas: Magdaleine de Scuderi.

Houve uma Madeleine de Scudéry (escrito parecido, mas não igual). Ainda que não tenha resolvido mistérios, ela foi uma escritora e intelectual na França de Luís XIV. Madeleine de Scudéry tinha fama na sociedade francesa por seus *salons*, em que convidados ricos e influentes se encontravam, jogavam e bebiam. A conversa de Scudéry e a habilidade de conectar pessoas ajudou a firmar sua fama como uma das primeiras mulheres intelectuais de sua época. Scudéry (a histórica) usou o pseudônimo de Sapho ao final da vida e morreu solteira. Esses detalhes não são apenas curiosidades, mas constroem juntos um lugar onde podemos acreditar que a história aconteceu. Scudéry (a histórica) se transforma em uma Scuderi (ficcional) perfeita.

A marca da inovação de Scuderi está já no pronome de tratamento. Ela é uma *senhorita* que se vê como alguém de "idade avançada". Escrita em pleno 1819, a senhorita de Scuderi é uma mulher não casada, sem filhos biológicos, e que não é vítima. Aliás, a cena inicial é de uma mulher defendendo outra de um homem. Não quero dar spoilers, mas uma sequência de maternidades alternativas permite a confissão do crime. O caso inteiro não poderia ser resolvido por qualquer outra pessoa.

Scuderi evita o papel de vítima, de donzela em apuros, e é detetive. E — de novo! — é inovadora nisso. Vamos pensar em Sherlock Holmes, silencioso e analítico. Evito os nomes para não dar *spoiler*, mas: a senhorita de Scuderi reconhece em *alguém* o rosto de *outro alguém* e por isso confia nesta pessoa. Scuderi conhece a natureza humana, os afetos, as mentiras, a dinâmica da corte francesa, sabe de aparências, sabe de joias. Seu instinto é constantemente questionado. A confissão mais honesta dentro da história é obtida de bom grado. Em momentos, Scuderi chora e desmaia de emoção. Quantas vezes Hercule Poirot desmaiou de emoção? *Este* crime e *estes* homicídios precisam *desta* detetive. Cá entre nós, sabemos que tortura e violência geram confissões falsas, mas não a verdade. E. T. A. Hoffmann também.

Aqui paro e faço uma observação importante: Sherlock Holmes e Hercule Poirot vieram depois da senhorita de Scuderi. Quando falo que a história "inova", digo literalmente inventar um gênero. Existe um debate acadêmico intenso sobre qual é a primeira história de detetive, qual a primeira história de "ficção investigativa". A vencedora tende a ser "Os assassinatos da Rua Morgue", de Edgar Allan Poe, de 1841. Notemos que 1819 é anterior a 1841. O debate se intensifica justo porque senhorita de Scuderi inova tanto, mas tanto, que não estabelece a norma. Ela não é o estereótipo do detetive analítico e, portanto, sua história não é vista como "a primeira história de detetive". Ela também não é um homem. Anita McChesney tem um excelente artigo chamado "The female poetics of crime in E. T. A. Hoffmann's 'Mademoiselle Scuderi'", em que justifica que é, sim, a primeira história de detetive. *A senhorita de Scuderi* tanto desvia da norma que às vezes fica fora do cânone.

Deixando um pouco as categorias literárias de lado, outro dos pontos centrais da história é a atmosfera que se cria. A história da senhorita de Scuderi perdura não só porque a personagem perdura. E. T. A. Hoffmann constrói uma Paris fantástica e real ao mesmo tempo, envenenada, mas cheia de possibilidades de reencontro. O autor nos envolve com sua habilidade de nos colocar no centro da ação, de todo o tempo ter um ímpeto de Google para checar. A Chambre Ardente foi uma organização real, cujo presidente foi Gabriel Nicolas de la Reynie. A série de envenenamentos descritas no início remete ao *affaire de poisons* (o Caso dos Venenos) de 1677 a 1682. A frase poética "*Un amant qui craint les voleurs n'est point digne d'amour*" saiu de fato da boca de Madeleine (segundo Johann Christoph Wagenseil em seu *Johann Christof Wagenseils Buch von der Meister-Singer Holdseligen Kunst*

[O livro de Johann Christof Wagenseil sobre a adorável arte do mestre cantor]). Mas não é tudo isso que faz a história parecer *de verdade*, é? Se construir uma sensação real fosse simples assim, todo mundo que usa uma citação escreveria um mistério brilhante.

Mais importante do que tudo isso, todos esses toques de verdade, o crime das joias, Rene Cardillac, o bando de ladrões, estes não são reais. A pesquisa de E. T. A. Hoffmann foi precisa e prolongada justamente para saber quando inventar e onde. O fantástico e o real se entrelaçam.

A vontade de criar um mistério real pulula no próprio texto. Quantos detalhes para explicar o fenômeno que era uma *carruagem de vidro*! Ao mesmo tempo, a multidão criada permite o momento ideal para Olivier jogar seu bilhete. Quem acompanha a história consegue ver a espuma na boca do cavalo (está na cena, pode checar). Isso muita gente chamaria de verossímil. Do latim, *verisimilis* — em que "verus" seria "real" ou "autêntico" se junta ao sufixo "símil", de "parecido" ou "semelhante".

Sei o que você deve estar pensando: que bando de lero-lero do povo da crítica literária. Por outro lado, quem fala de verossimilhança não sou eu, mas o próprio E. T. A. Hoffmann. Quando a senhorita de Scuderi visita o advogado Pierre Arnaud d'Andilly, ele cita Boileau. "*Le vrai peut quelque fois n'etre pas vraisemblable*", diz. A verdade às vezes pode não ser muito verossímil, em uma tradução meio literal. Esta construção cuidadosa e precisa, as referências históricas, nada disso é por acaso. E. T. A. Hoffmann quer que acreditemos nele.

Ou seja, a história segue ativa gerações atrás de gerações porque E. T. A. Hoffmann subverte expectativas e inova, porque a personagem da senhorita de Scuderi encanta e porque o contexto e cenário estão bem construídos, dando ao leitor a sensação de estar em plena Paris do século XVII. É isso. Caso encerrado. Quer dizer: é isso... *né?* Caso encerrado... *né?*

Não. A história encanta porque é humana. Porque quem lê se encontra nos personagens. Porque Scuderi é humana, se interessa por um crime como eu e você. Porque o leitor acredita na carruagem de vidro. Porque Paris é linda e violenta. Porque cria, inova, subverte, tudo ao mesmo tempo. Porque tem fantasmas subversivos circulando ao redor da história. Porque a sensação que fica é a de que E. T. A. Hoffmann, de tanto pesquisar para este livro, descobriu uma faceta nova de Scudéry (a histórica), mas não tinha como contar. Porque é tudo isso que falamos ao mesmo tempo, em movimento.

E. T. A. Hoffmann (1776-1822)

Nascido Ernst Theodor Wilhelm Hoffmann, adotou Amadeus como parte de seu nome em homenagem ao compositor Wolfgang Amadeus Mozart. Foi um escritor, compositor e juiz alemão e um dos grandes precursores do Romantismo Fantástico. Suas obras, marcadas pelo fantástico, pelo grotesco e pela análise psicológica, influenciaram profundamente a literatura mundial, inspirando autores como Edgar Allan Poe e Dostoiévski. Entre seus escritos mais célebres estão *O homem de areia*, *O Quebra-Nozes e o rei dos camundongos* e *A senhorita de Scuderi*.

Este livro foi impresso pela Ipsis, em 2025, para a HarperCollins Brasil. O papel do miolo é pólen bold 90g/m², e o da capa é couchê fosco 150g/m².